Band 1387 der Bibliothek Suhr

Günter Grass

»Wir leben im Ei«

Geschichten aus fünf Jahrzehnten
Herausgegeben
und mit einem Nachwort
versehen von Dieter Stolz

Suhrkamp Verlag

Quellenangaben am Schluß des Bandes

Druck: Nomos Verlagsgesellschaft, Baden-Baden
Printed in Germany
Erste Auflage 2005
ISBN 3-518-22387-9

1 2 3 4 5 6 – 10 09 08 07 06 05

»Wir leben im Ei«

Statt eines Vorworts: *Geschichten Geschichten*

Wir kennen uns alle flüchtig. Nicht jede grüßt jede. Wir fangen an, hören auf und leiden an jeweils verrutschter Mitte. Manchmal tauschen wir Namen und Städte gegen Kochrezepte und Verkehrsunfälle. Unser Programm ging leider verloren. Den Stoff beziehen wir gratis. Da wir der Konjunktur mißtrauen, finden auch Ladenhüter Verwendung, zum Beispiel: schwere Träume nach Schweinefleisch; zu enge Schuhe; Karnevalsbräuche. Oft erinnern wir uns durcheinander an Kleist in Würzburg, an die Saale bei Halle, an Nährmittelmarken und den Ostermarsch neunundfünfzig, auch an den Farb-Dia-Abend bei Dr. Simmel, selten an den Krieg usw., aber viel zu oft an unser Herkommen usw. Einige von uns sind erlogen. Mehrere wurden verschenkt. Man kann uns laut lesen. Wir sind Geschichten Geschichten.

Im Ei

Der Popanz brauchte Ruhe. Sein Genick glich einem traurigen Gesicht. Er fuhr in südliche Richtung, nachts und der Morgen lud ihn vor meiner Tür ab deren Gebälk ausschlug, deutliche Zeichen des Frühjahrs. Der Popanz wollte alles vergessen für drei Tage, um dann mit ausgeruhtem Gedächtnis seinem Telefon und mir imponieren zu können. Die Landschaft schien ein Bettuch der üppigsten jungen Frau zu sein und die Wasser zwischen den Hügeln machten jeden Stein rund und jedes Gesicht schön. Der Popanz lag in einem ihm gemäßen Stuhl. Sicher hätten die drei Tage genügt, um seinen Nacken wieder zu erheitern, wäre nicht dieser Himmel so gebogen gewesen, dass sich sonderbarste Gedanken ihm anpassten. – Er, der Popanz, der gerade dachte, der alles nach Handbreit und Daumensprung maß, er hatte plötzlich das Gefühl, später die Gewissheit, in einem Ei zu liegen, zu sitzen oder zu stehen, und was das Schrecklichste war, gebrütet zu werden. Als der Gedanke ihn erstmals anfiel, dachte er diese Fliegen mit einer leichten Drehung zu verscheuchen. Doch das Ei hielt an, ja, es wurde gewisser. Er versuchte es mit Lachen und Räuspern, Hühner zwischen den Hügeln hackten aller Vernunft und Einsicht die Augen aus. Das Ei blieb, wölbte sich nicht langsam, nicht eilig und hatte die endlose Schale wie sie die Hennen lieben. Es gelang dem Popanz einigen Schlaf teuer zu erkaufen. Doch in diesem Ei hatten auch Träume Platz, im Erwachen noch spürte er, wie sie ergiebig schwiegen. Die Rundung war gewachsen, der neue Raum war fertig, ausgedacht und bewohnt. Dann und wann sagte er sich: »Nun, aber der Berg da, zweitausend gut, der paßt nicht rein. Der paßt nicht ins Ei, der hat wenigstens zweitausend, mal nachgucken.« Der Berg hatte zweitausendvierhundertsechzehn und eine Bahn führte hoch hinauf. Popanz nahm einen Führer, kleidete sich entsprechend, erreichte den Gipfel und konnte sich dennoch nicht vergewissern, daß die Eierschale heil war. Selbst höhere Berge waren wohl kaum in der Lage, am Zustand dieses geduldigen Behälters etwas zu ändern. Nicht einmal ein Edelweiß fand Popanz. Popanz kehrte heim, mit unverändert traurigem Nacken. Er ging seinen Geschäften nach. Voller Eifer, in eine Richtung, als wollte er den Kurs damit in die Höhe treiben, bis daß dieses unerwünschte Eigefühl es aufgab, undurchlässig zu sein und er die Scherben abfahren konnte, als Schrott, um auch hiermit einen kleinen Gewinn zu verbuchen. Nachdem Popanz merkte, daß seine Aktien in bestimmten Höhen nicht mehr atmen konnten, versuchte er ihnen allerlei neue und alte Luft zuzuführen. So ging er noch einige Meter höher, doch immer noch nicht hoch genug, dann stürzte er mit einer Lawine ins Tal, so daß ihm nichts mehr blieb als das unheimliche Wissen um jenes Ei, dessen Süd- und Nordpol noch unerforscht waren. – Es ging ihm nicht schlecht. Seitdem er sein Wissen als Lehren verkaufte, verdiente er soviel als man braucht, um Käse und Brot zu kaufen. Zu Anfang hieß diese Botschaft »Die Lehre vom Ei«. Brüder im Ei nannten sich die Gläubigen, von denen es allerdings damals nicht viele gab. Erst als der Popanz versuchte, außerhalb seiner Schule Anhänger zu gewinnen, hätte er die Ohren zu Sträußen binden können, so viele wollten hören. Er sprach von der Henne nur selten, doch immer wenn er die Farben ihrer Federn bestimmen wollte, war seine Stimme wie dürres Holz, das übers Knie bricht, im Feuer aufschreit, seine Hitze freisetzt. Ein wenig Asche in die Ohren. So blieb die Henne farblos und bedeutsam und wurde der Tag, da ihr Brüten Erfolg zeigen würde und alle, Popanz und seine Gemeinde, zwischen den Scherben zittern würden, nackt und des neuen Lichts ungewohnt. – Popanz war nicht müßig. Er versuchte, dieses Datum zu errechnen, behauptete selbst bis zum Schluß, es würde ein Mittwoch sein und doch war es möglicherweise ein Freitag wie er seinem engsten Jünger verriet. Zwischen Mittwoch und Freitag, das heißt eine lange Reihe von Jahren hindurch, war Popanz unerhört tätig. Galt es doch, diese ganze faltige Erde in ein ungebrütetes Eidotter umzudichten. Dieses war in Bezug auf mancherlei Gegenstand nicht einfach, denn Tisch, Stuhl und Bett sind widerspenstig, und eine Lampe wehrt sich solange es dunkel ist. Zu bewölkteren Jahreszeiten kamen die Zweifel. Der Himmel ließ jede Rundung vermissen. Vielleicht war die Erde ein Brett und der Himmel ein Brett, dazwischen aber nur dürftiges Leben in beständiger Angst, einmal könnten Bäume, Berge, Hausgiebel, Kirchturm und Telegrafenmasten versagen, knicken oder schrumpfen, Brett zu Brett würde sich finden und den ohnehin spärlichen Raum endgültig verengen. Doch Frühjahr und hygienische Winde brachten die alte blaue Ordnung wieder. Klangvoll rollte die Erde, ein vielversprechendes Dotter in dem wohlgeformten Ei und der Henne wurden bestorganisierte Opfer gebracht. – Warum eigentlich Hennen. Mußte es eine

Henne sein, Popanz. Warum sagtest du sogleich Henne als dir das Ei Gewissheit wurde. Dachtest du nicht an manch anderes auch, was mit der Henne nur das Brüten gemeinsam hat. Dunkle oder erleuchtete Gebilde mit Gliedmaßen, von denen kein Museum kündet. Schlangen, deren Länge dich erschöpft einschlafen ließen, Fische, die alle Köder verlachen und jenen Vogel, der Ost, Süd und West im Auge hatte, vom Norden gar nicht zu sprechen. Du sagtest nicht Fisch als du glaubtest, das Ei begriffen zu haben. Du sagtest auch nicht Schlange oder Vogel und erwähntest nicht jenes traurige Dreieck, welches dennoch kein Stier war. Nein, Popanz sagte: »Henne, höchstwahrscheinlich eine weiße Henne, Legehenne.« – Als Popanz starb, spie er seine Seele aus, seine Seele, leichter als Luft. Sie mochte die Eierschalen gefunden, vielleicht durchbrochen haben oder mit vielen anderen Seelen verkehrt und jetzt mit kürbisgroßen Seelen an der Innenfläche der Schale kleben, gleich Muscheln an einem Schiffsleib der lange, sehr lange im Meer trieb.

Meine grüne Wiese

Meine Wiese ist nicht groß. Vom Stuhl aus gesehen steigt sie etwas nach links, mischt sich dort mit den Schatten einiger Nußbäume. Der Stuhl, mein Stuhl ist gewöhnlicher Art. Kaum würde er den Ansprüchen eines Liebhabers moderner Möbel genügen. Er ist zu unbequem, zwingt zum Denken, seine ganze unruhige Vierbeinigkeit erinnert an einen Hengst und mahnt zum Aufbruch. Dennoch sitze ich einen Teil des Tages auf diesem Stuhl und überwache meine Wiese.
In Spanien sah ich einen Platz. Auch er, wie meine Wiese, stieg vom Stuhl gesehen etwas nach links. Nicht weit von meiner Pension ergab sich dieser Platz, eigentlich lag er zwischen dem Hafen und der Pension. Ich saß dort oft. Es waren sicher nicht die Farben, an der Hafenmauer lagen dicht vor dem Himmel drei Kohlenberge, die mich veranlaßten, hier Platz zu nehmen. Vielleicht war es die Lotterieverkäuferin, ihre Stimme hatte einige leidvolle Schwingungen, die sich von dem Platz deutlich abhoben. Vielleicht saß ich aber auch dort, weil der Stuhl von jener gewöhnlichen Art war, wie ich sie bei mir zu Hause beherberge. Wenn ich nun sage, es war sehr heiß dort, muß ich wohl noch berichten, um genau auszudrücken, wie heiß es war, daß ich in Denia mittags einen Mann gesehn hatte, der mit einem gewöhnlichen Luftgewehr nach der Sonne schoß. So heiß war es also, und ich mußte oft an meine Wiese denken und an meinen Freund, der manchmal gegen Abend kam, mir riet, weil er meine Not kannte: »Laß

doch einen hübschen kleinen Springbrunnen graben, dann hast du alles, was du willst, und brauchst nicht mehr zu grübeln.« So riet der Freund mir und meinte es sicher gut. Nein, ich wollte den Springbrunnen nicht, ganz gewiß nicht. Wie lange und vergeblich wartete ich nun schon, wartete, daß das Grün einmal nachgeben würde, zum Fluten käme, daß sich ein Fisch, nur ein einziger, vielleicht ein Goldfisch, zwischen den Gänseblümchen bewegen würde. Mein Freund riet mir damals, eine Reise zu machen, ich widersprach, da ich mich schlecht andernorts wohl fühle, er jedoch ließ nicht locker, brachte mir Prospekte und Reiseführer, sagte, hier sei es billig, dort seien die Leute freundlich. Am Ende willigte ich in die Spanienreise ein, eigentlich nur weil ein bestimmter Prospekt recht hübsch war und einen bunten Fisch zeigte.

Ich habe vor mehr als sechs Jahren meine Studien unterbrochen, habe mich auf meine Wiese gesetzt, habe gewartet. Nichts zeigte sich außer gelbschnäbligen Amseln. In Spanien habe ich nicht warten müssen, nicht lange warten müssen. An jedem Nachmittag auf dem Platz, angesichts der Kohlenberge vor dem Himmel, liefen die Boote pochend in den Hafen ein. Kaum hatte die Hitze den letzten Motor verschluckt, klommen Krabben und Langusten, auch Taschenkrebse und vielarmiges schlüpfriges Fleisch über die Mauer, über die Steine. Hinter sich nasse Spuren, fielen sie über den Platz her, lärmten dort mit ihrem Werkzeug, verbogen die Lichtmaste, auch meinen Blick, der immerhin einige Zeit versucht hatte, diesem schrecklichen Zuwachs aufrecht zu begegnen. Nun, dachte ich, das ist eben Spanien, und wollte der Geschichte nicht weiter angehören. Meine Wiese, dachte ich, am Sonntag spielen sie Fußball in der Nachbarschaft, deutlich höre ich diesen trockenen Ton, wenn Ball und Schuh sich berühren. Diese merkwürdigen Schuhe. Die jungen Leute kaufen sie sich, sie sind sicher recht teuer, pflegen sie aufmerksam und fast mit Liebe. Solcher Art Schuhe sollte man in Spanien tragen. Ich hätte solche Schuhe in Spanien tragen sollen. Über den Platz wäre ich dann gegangen, mitten hindurch durch Krabben und Langusten, hätte vieles verhindern können. Ich habe gehört, in die Spitzen dieser besonderen Schuhe seien Stahlkappen eingearbeitet. Es wäre eine Wonne gewesen, über den Platz zu gehen, durch die Krabben hindurch, im sicheren Glauben an diese Art Schuhe. Über meine Wiese laufe ich barfuß. In Spanien trug ich leichte Sandalen und eine Hose, in Barcelona gekauft. Aus dünnem Stoff war sie, Stoff, der sich angenehm faßte, aber leicht knitterte.

»Mein Gott, jetzt geht das Kind über den Platz!« So rief ich damals. »Pepita, Pepita!« Welch ein leichtgezeichnetes Kind. Es drehte sich vorsichtig um, winkte mir freundlich, wir kannten uns von den Mahlzeiten in der Pension her, bückte sich dann, hob eines dieser scherenbehafteten Tiere und sprach dann, eigentlich nur zu mir, in etwas belehrendem Ton: »Siehst du, das ist Jesus Christus, der sein Blut für uns gab.« Dann öffnete das Kind sein weißes Kleid und führte das schrecklich bewaffnete Tier an seine noch sehr kleine Brust. »Pepita«, rief ich, »deine Eltern werden fortan in Kummer leben müssen.« Vergeblich, sofort färbte der Stoff, Pepitas Kleid sich rot und immer dunkler, das Kind lächelte etwas altklug und verging vor meinen verlegenen Augen. Ich ging in die Kirche und versuchte Andacht zu finden. Es war schwer. Draußen ereignete sich der Abend, im benachbarten Cinema Sol lärmte ein Mickymaus-Film über die Leinwand. Am Ende betete ich: »Herr, wenn du willst, daß ich heimkehre, gib, daß ein Fisch über meiner Wiese ist.« Zur Nachtzeit, nachdem ich das zweite Filmprogramm abgewartet hatte, seufzte ich immer noch: »Pepita, Pepita, deine armen Eltern.« Keinen besseren Rat wußte ich mir, als ein Papier zu nehmen und eines Kindes Tod um Weniges zu verklären.

Am Hafen liegen Kohlen,
die sind schwarz, nur schwarz.
Pepita, zieh dein weißes Kleid an.

Dein Fleisch ist neu.
Rufe die Fliegen nicht
und die Finger,
die nach den Zeitungen tasten.
Sinnlos ist deine Zunge.
Pepita, Pepita, was heißt Pepita.
Am Hafen liegen Kohlen,
am Himmel verlöschen die Fische
und ihre Gräten, Gitarren, Pepita.
Oder der Tod, ein Tourist
setzt sich und nimmt die Sonnenbrille ab.
Pepita, ruft er, komm her,
bringe die Zeitung,
wir wollen Kreuzworträtsel lösen – Pepita.

Am Hafen liegt Salz,
weiß und verblendet.
Pepita, zieh dein schwarzes Kleid an.

Nun, da ich wieder auf meinem Stuhl am Rand meiner Wiese sitze, lesen sich diese Zeilen gut. Ich erinnere mich, daß ein Freund einmal zu mir in einer begeisterten Stunde sagte: »Daß du einen Bleistift nehmen kannst, um einen Kreis auf ein Papier zu zeichnen, dann weiterhin noch sagen kannst, siehst du, das ist die Sonne, beweist, daß der Mensch gottähnlich ist.« Genau so ist es mit diesem Blatt und lese ich, Pepita, Pepita, so sinnlos dieser Name ist, hat er dennoch alles Blut auf seiner Seite. Doch meine Wiese ist grün. Das Grün steigt etwas nach links, ermüdet mich. Nichts ist an ihr, was meinen Blick verweilen ließe, gleich einem Punkt, der das Ende eines wichtigen Satzes bedeutet.

Seitdem ich die Arie gehört habe, denke ich mir eine Diagonale über die Wiese. Es war am selben Ort, angesichts der Kohlen. Ich hatte mir etwas Kühles, Weißbläuliches bestellt, was dennoch keine Milch war. Der Mann ging über den Platz, mitten durch die Sonne, und sagte, nicht einmal laut: »Mein Herr, ich singe jetzt die Arie von der Diagonale und bitte Sie um einige Aufmerksamkeit.« Dieses gesagt, stellte er den rechten Fuß vor, hob all seinen Glanz in die Brust, noch höher und sang dann. Wenn ich jetzt an der Wiese sitze und den Stuhl ermüde, erinnere ich mich des Kehrreimes, der ungefähr lautete:

Ein Hund bellt, die Peitsche knallt,
ich schlug das Buch und alle Türen zu,
o schwarze Diagonale.

Er sang diesen Vers wie ein Tenor. Doch was sagt das, Tenor? Wäre es nicht deutlicher so beschrieben: Sein Ton, die Reihe seiner Töne fiel auf den Platz, es waren die wertvollen Schuppen eines Fisches. Ich stand auf, wollte sammeln und in meine Börse tun, wie man es in bestimmten Gegenden am Silvesterabend mit den Schuppen des Karpfens tut, doch die Sonne strafte mich, der Kellner kam, ich hatte ihm nicht geklatscht, und sagte: »Mein Herr?« So saß ich wieder. Als der Tenor endete, wartete er meinen hastigen Applaus ab, nahm sodann sein rechtes Bein zurück und ließ vernehmen: »Mein Herr, Sie hörten die Arie von der Diagonale, welche man auch den Weg der drei Caballeros nennt.« Schon bei den ersten Worten trat er zurück, drei Burschen mit gemacht ernsten Gesichtern, die Arme verschränkt, in weißen Hemden, überquerten den Platz, langsam, mit geübtem Schritt, diagonal über den Platz, dorthin wo die Aufbauten des Baggers über der Hafenmauer rosteten. Ein Kommando ließ sich aus der Richtung der Fischhalle los, eine Salve aus sorgfältig ausgerichteten Gewehren schlug über den Platz und streckte die drei Caballeros nieder. Das also ist es, was man in Spanien unter einer Diagonale versteht, und die Tenöre wissen Arien zu singen, die solcher Art Diagonale beschreiben. Wenn ich Tenor oder Tenöre sage, meine ich eine Reihe von Tönen, die auf den Platz fallen, kostbare Fischschuppen, ich wollte sie sammeln, doch der Kellner rief: »Mein Herr?«, ich sank in den Stuhl zurück, hörte das Ende der Arie, die kurze Erklärung des Tenors, sah drei Caballeros, hörte die Salve, sah ihren Hemden zu, wie sie dunkel wurden und schwer, dachte an Pepita, als ihr Blut zum Kleid wurde, und versuchte all dieses Rot gegen das Grün meiner Wiese zu tauschen.

Nein, es ist mir nicht gelungen. Noch heute glaube ich, daß, wer sich auch immer entschließen mag, nach Spanien zu reisen, vorher wissen muß, daß man dortzulande Hemden und Kleider öffentlich färbt, daß man der Arie von der Diagonale nicht entgehen kann. »Herr, wenn du willst, daß ich heimkehre«, so betete ich damals, nachdem ich gezahlt hatte und gegangen war, »Herr gib, daß über meiner Wiese ein Fisch ist, dem mein Auge nachschwimmt, bis es Anteil hat an seiner Kühle.«

Als ich vor einigen Tagen auf meinem Stuhl einschlief, ich hatte in einem Roman gelesen, dessen Seiten oben ankündigen, was unten schon wieder die Treppen sucht, seine Richtung nennt und Handlung treibt, erwachte ich etwas lahm und verbogen an jenem unmäßigen Gelächter, welches mein Freund oft in meiner Gegenwart übt. Er stand da, gab mir seine gewohnten Ratschläge, wies auf den Roman. »Er ist schlecht«, sagte ich, »ohne Geduld, sooft sich Gelegenheit gibt, im Detail zu leben, beschreibt der Held der Geschichte eine große Bewegung und beschließt eine Reise zu machen.« – »Nun«, sagte mein Freund, »auch du bist damals verreist und hast dich zerstreut. Du solltest auch weiterhin einiges tun, versuch es doch mit dem Brunnen, oder heiraten solltest du. Nimm eine junge Frau, das ist der beste Fisch.« So sprach er und lachte übermäßig.

Nein, ich will keinen Brunnen und heiraten? Wenn ich bedenke, jeden Abend stünde sie da in weißem Kleid vor mir, der ich um Pepita weiß, und warten würde ich, daß auch sie sich etwas an die Brust setzt, was ihr das Kleid färbt. Sicher würde sie nichts an sich drücken als die ungeduldigen, unerzogenen Hände, welche auch ich nicht erziehen kann. Auch hier müßte ich dann vergeblich warten, unsere Ehe würde kinderlos bleiben, die Wiese unbedacht und dem Gärtner ausgeliefert. Geduld will ich haben, all meine Gebete nur auf den Fisch richten, heiraten kann ich dann wohl immer noch.
Geduld bewies Alfonso Callos. Eines Samstags, zuvor oft angekündigt, begann, was dortzulande ein Volksfest ist. In der üblichen Kleidung eines Toreros betrat er, soweit ich das als Tourist beurteilen kann, in allerbester Haltung den Platz. Dann, nach einigem Vorspiel, unendlich langsam kam die Schnecke. Ich glaube, sie war etwa zwei Meter fünfzig hoch und an sieben Meter lang. Doch diese Maße sollen nichts weiter besagen als mein Unvermögen, diese nackte, durchaus geschlossene Prozession zu beschreiben. Wie er immer noch in gezeichneter Haltung sie nun erwartete und mit ihm die Zuschauer und unter den Zuschauern ich, hörte ich ein Boot in den Hafen einlaufen, konnte mir jedoch keinen Namen davon machen, da es schon nach fünf Uhr war und alle Fischer mit mir hier standen und gleich mir ihren Augen verfallen schienen. Sie glitt auf ihn zu, eine feuchte, klebrige Spur hinter sich, er ließ sie vorbei, entging ihren Fühlern, so schrieb es die Regel dieses Kampfes vor, dann stieß er zu – es kam kein Blut. »Blut, Blut, wo ist Blut?« so schrie es aus den Zu-

schauern, aus mir. Abermals kam die Schnecke, wiederum stieß er, und abermals versagte das Blut. Alfonso Callos hatte Geduld. Hätte auch ich diese Geduld, könnte auch ich so warten, der Fisch käme. Ich habe es doch so einfach, keine Frau, die neben mir am Bett steht, keine Kinder an meinen Beinen, keine Zuschauer, niemand, der da schreit: »Blut, wo ist Blut!« Oder: »Wo ist der Fisch?« An meiner Wiese warten keine Zuschauer. Zwar spielen in der Nachbarschaft die Burschen Fußball, doch mein Fisch ist nicht ihr Fisch. In Spanien mangelt es nicht an Zuschauern. Dennoch behaupte ich heute, daß Alfonso Callos nicht die Geduld verlor. Nein, die Zuschauer zwangen ihn zu jener Gefälligkeit. Er wollte ihnen etwas bieten, verstand ihre Langeweile, obwohl er selbst, verliebt in seinen Beruf, keinerlei Zeichen von Müdigkeit oder Ungeduld zeigte. So kam es ganz selbstverständlich, kam auf Wunsch. Wieder war die Schnecke vorbei, wieder hatte sie wie ein blinder Schwamm den Stich aufgenommen, das Publikum stand zum Teil auf den Stühlen und zeigte sich temperamentvoll. Da drehte der Torero, machte seine geübte Bewegung und versah seinen kostbar gekleideten Leib mit einem scharfen Werkzeug. Nun kam das Blut, er stand, nahm jedoch nach einiger Zeit eine bequemere Haltung ein, um länger deutlich machen zu können, wie gefällig er sich erwiesen hatte. Das Publikum saß dankbar und schweigsam um den Platz.

Später, auf meiner Wiese habe ich nachdenken dürfen. Immer wieder und ohne sich zu beeilen glitt die Schnecke durch meine Gedanken. Aber warum hielt er das Tuch hin? Ein Tuch, dessen Farbe anderen Ortes die fünfjährigen Stiere reizt. Wußte er nicht, daß die Schnecke blind war, daß keine Farbe die drängen konnte, ihren einfachen Leib zu beeilen. Ich habe diese Frage jetzt aufgegeben. Bei einem Autorennen, mein Freund war schuld, daß ich es sah, fiel es mir auf, wie wenig wir von der Schnelligkeit der Schnecke verstehen. Unsere Augen wissen es nicht, können diesen glatten Leib, der durch die Zeit rast, nicht begreifen, so fallen wir zurück, und immer wieder überrundet uns die Schnecke. Fast möchte ich sagen, doch ohne als Prophet zu gelten, die Schnecke hält ihre Fühler in ein kommendes Jahrhundert. Es wird dieses eine vorsichtige Zeit sein, ein Zurücknehmen aller Beschuldigungen, ein Jahrhundert ohne jene äußerste Farbe, in die Pepita sich kleidete.

Oft meine ich, ich hätte einiges gelernt, die Schnecke hätte mich dem Fisch etwas näher gebracht. Dann jedoch, angesichts meiner gleichmütigen Wiese, fallen mir traurige Verse ein, denen ich nur mit Mühe eine allgemeinere Richtung geben kann. Ähnlich dem Beginn des Schulgedichtes Archibald Douglas: »Ich habe es getragen sieben Jahr ...« begann ein Poem jener Zeit:

> Ich habe sieben Jahre auf eine Schnecke gewartet,
> nun hab ich vergessen, wie eine Schnecke aussieht.
> Als etwas kam, nackt und empfindlich,
> suchte ich einen treffenden Namen.
> Ich sagte Gefühl, Geduld, sagte Glück,
> doch es glitt tonlos vorbei.

Fünf Vögel

Herkunft

Es genügte, die Pfähle anzusprechen, ein kleines, vorher verabredetes Zeichen zu machen. Das Nächste war einfach, brauchte sich nicht zu beweisen. Fünfmal verließ es die Erde, zeigte sich wurzellos. Was zuvor Zaun war, einen Garten beendete, war nun Gitter am Himmel, sagte dort Sprüche her.

Wir alle kennen diese Reklametexte am Augusthimmel. Man will die restlichen Pfähle zur Himmelfahrt ermuntern, will den Gärten erlauben, eine Reise zu machen. Bis nach Augsburg oder weiter noch, in die Wüste Zack, um dort einem jener letzten, an Skorbut erkrankten Löwen Gemüse anzubieten.

Die Andacht sitzt gewöhnlich auf den billigsten Plätzen und kaut am Billett. Glaube hin, Glaube her, hier wird gezweifelt. Hier wird der Finger in die Luft gestreckt oder sonstwohin. Herr Thomas zum Beispiel. Jeden Tag, selbst bei Regen, geht er ins Leichenhaus zu den Gesprächigen und versucht sich mit seinem Finger zu überzeugen. Wovon? Warum soll ein Toter nicht reden, da es doch genug Lebende gibt, die nicht das Maul aufmachen.

Wer lehrt nun einen Pfahl diesen Tausch. Immerhin war das doch Bedeutung. Fünfmal von Süden nach Norden zu stehen, Rom und Kopenhagen zu verbinden, wichtig zu sein. Warum nun plötzlich diese Erhebung? Flügelschlag, Vogelschrei. Bedurfte es dessen, heute, da die Er-

findung Leichtmetall heißt, zwei- oder vierfach brummt und in Tempelhof um 16 Uhr 18 landet?
Fünf Vögel. Fünf, fünf, fünf. Eine ganze Hand voll. Die Wagen sollen woanders hin rollen, wo die Vier zu Hause ist, zu Katzen und Dackeln. Laßt uns Quartette üben, kennst du das Land, wo das Vierklee blüht? Nehmt die Vierlingsflak aus dem Museum. Vielleicht treffen wir einen, dann sind es nur noch vier.
Fünf Vögel. Ihre Kindheit hieß: Pfahl sein, Schatten werfen, jedem Hund angenehm sein, gezählt werden, bei Fünf hörte alles auf, Sieben mußte in Amerika liegen und Amerika? – Hier begann die große Reise, die dauernde Wandlung, welche am Ende das Ei meint.

Viele Berufe

Wer will diese Hälse leugnen und diese Absicht um den Schnabel. Ein Schnabel, den man bei einiger Nachsicht des Vogels wie eine Brieftasche öffnen könnte, um einen Schein zu entnehmen, den dann doch niemand wechselt. Welch eine Währung. Das Gold liegt auf der Straße, gehört den Sperlingen.
Wir wollen nicht auf der Straße liegen und von den Pferden leben. Wir sind doch keine Sperlinge. – Wir wollen eine Arbeit suchen. Los, wir wollen eine Arbeit suchen. – Zu einer richtigen Fabrik gehören Kamine. Bald standen die Vögel, etwas verlegen, zwischen den Gebäuden einer Zementfabrik, rauchten, obgleich sie es sicher nicht gewohnt waren. Sie blieben hier nicht lange. Ihr Aufbruch

wurde von den Tageszeitungen als eine große Katastrophe bezeichnet.
Es war sicher töricht, beim Telegraphenamt vorzusprechen. Standen sie doch nun wieder regelmäßig, hörten den Draht zwischen sich – die Eisenbahn lief daneben – und Schwalben. Nichts war den fünf Vögeln unerträglicher als Schwalben. Eine Zeitlang war dann die Fernsprechverbindung zwischen Kreisstadt und Hauptstadt unterbrochen.
Bei der Firma Bolin & Löffler, Papiervertrieb, war es Herr Löffler, der an der rechten Hand behindert war. Im ganzen fehlten ihm fünf Finger. So muß er wohl recht verzweifelt gewesen sein, als er den Versuch mit den Vögeln machte. Zu Anfang ging es. Sogar einen Ring konnte er täuschend anbringen. Auf dem Amtsgericht, beim Offenbarungseid, gab es eine Panne. Der ganze Schwindel flog auf, mit ihm die Vögel. Löffler konnte nur noch resignierend die linke Hand heben.
Ähnlich erging es einem Zirkus, der als bescheidenes Unternehmen anfing, sich vergrößerte, vergrößerte. Man wollte ein Fünfmastzelt, überredete die Vögel stillzuhalten. Diese taten es auch bis, bis die Bären kamen, auf ihren Motorrädern. Genug, sagten sie, das geht zu weit. Das Zelt nahmen sie noch ein Stück mit, die Zuschauer verlangten später das Eintrittsgeld zurück.
Gelegenheitsarbeiten. Man reihte sie als Säulen, das Portal einer Bank stürzte ein. Bei einer Friedensfeier sanken die Fahnen plötzlich auf halbmast, die Menge verlief sich. Beim Stabhochsprung wurden fünf Athleten disqualifiziert, sie hatten sich an den Vögeln vergriffen.
Als die fünf Vögel nach Hamburg kamen, besetzten sie

einen Kai, nannten sich Kräne und entluden Getreide- und Kaffeeschiffe. Bald darauf wurde der Streik ausgerufen. Die Hafenarbeiter standen in Gruppen. – In diesen Tagen traf das Visum ein. Die große Reise konnte beginnen.

Reise und Ziel

Man redet immer von den letzten Segelschiffen. Glaubt doch dieses nicht. Es braucht nur einen Rumpf voller leerer Versprechungen, etwas Ballast von zu Hause her und eine Mannschaft, die alle Sprachen spricht, außer sächsisch. Zum Schluß, zu einem echten Vollschiff gehören Mäste und Segel. Die Vögel ließen sich anheuern. Die Überfahrt dauerte 57 Tage, war angenehm trotz der Möwen. Einmal gab es einen kleinen Streit zwischen Fock und Großmast. Ein winziger Riß im Vorobermarssegel, die Fahrt ging weiter.

In New York angekommen, war der Jubel groß. Die Straßen glichen einem Blumenmeer. Der Präsident gab jedem der fünf Vögel einen Panamahut und zeigte seine gutgeputzten Zähne.

Fünf waren ausgezogen, um die Sieben zu suchen. In Virginia, auf einer Apfelfarm, fanden sie die Sieben. Sie stellten sich dazu, neben die Sieben, bildeten einen fröhlichen Zaun. Doch da kam D. S. Abraham Brothers, dem die Farm gehörte, der die Freiheit liebte und die Zäune haßte. Seine Säge und seinen Hammer brachte er mit. Die Sieben sägte er ab, die Fünf rammte er in Virginias Erde. Mit Bulldog und Walze hat er alles schön glatt gemacht.

Die Vögel aber flattern etwas erstaunt zwischen Kohle und Salpeter. Sie finden keine Arbeit mehr. Dafür wollen sie aber demnächst fünf Eier, für jeden Erdteil eines, legen und brüten. Wer weiß, was alles zwischen Eiweiß und Eigelb Platz hat. Auf jeden Fall sollen die Eier voller eindrucksstarker Überraschungen für Europa, Amerika und die übrigen Erdteile sein.

Eingemauert

Ich baute nicht ein beliebiges Haus. Meine Baustelle war nicht der gewöhnliche Platz, den sich die vielen für mühsam Erspartes kaufen, um sich dort ein Dach, ein x-beliebiges Dach über dem Kopf zu errichten.
In der Längswand meiner Studierstube wurde ein fünfjähriger Stier eingemauert, das nackte Mauerwerk sodann sorgfältig verputzt, später zweimal mit einem Anstrich versehen, heiter tapeziert, und über die Stelle, hinter der des Stieres Haupt verblieben war, hängte ich einen leeren Barockrahmen.
Sie wissen, daß mein Name früher auf mancher Corrida angekündigt wurde, daß ich mit zu den geachtetsten Toreros gehörte, daß ich mir in der Arena ein Hüftleiden zuzog und fortan gezwungen war, mein geliebtes Werkzeug an die Wand zu hängen.
Sie werden es erraten haben. Links und rechts vom Barockrahmen befestigte ich meine guten alten Waffen, hängte dieses und jenes Foto auf und gab so dem Zimmer den Charakter einer Veteranenstube. Ein gutes Leben führte ich. Den Stier war ich los, im Garten hütete ich Blumen. Gelbe, weiße, zartblaue, allenfalls violette; eine gewisse Farbe sparte ich aus. Mit Vorsicht umgab ich mich und mit Zäunen. Aber ein Zaun hält sich selbst kaum zusammen. Was tut man gegen die Post. Täglich kam dieser freundliche Uniformierte, grüßte halb militärisch – er kannte mich aus meiner Glanzzeit – und übergab mir ein leichtes Kuvert.

Natürlich hütete ich mich, diese Briefe zu öffnen, zu lesen. Auch wenn kein Absender angegeben war, wußte ich doch: Meine ehemalige Verlobte hat wieder einmal ihr Tintenfäßchen geöffnet. Nein, dachte ich, was von meiner Verlobten kommt, kann nicht gut sein. Es wäre töricht, in diesem Brief zu lesen – lieber schreibe ich ihr.
Sie müssen wissen, daß ich die Trennung von Elvira als endgültig betrachtete. Wie jede große Liebe endete auch unsere banal. Eines Tages konnte sie das Geräusch nicht mehr vertragen, das Äpfel laut werden lassen, wenn man sie mit gesunden Zähnen anbeißt und in feierlicher Ruhe bis zum kernigen Ende verzehrt. Dieses Krachen gefiel ihr nicht. Sie hörte darin Knochen splittern, Urgewaltiges ins Knie brechen, kurz, es war ihr diese bekömmliche Nachspeise nichts anderes als ein Arenageräusch, und davon wollte sie nie wieder hören. Wenn auch das Hüftleiden damals der Anlaß war, für immer aus dem gefährlichen Rund zu steigen, gab Elvira doch den Ausschlag. Stier oder Liebe, sagte sie. Ich wählte die Liebe. Bald hatte ich weder Stier noch Liebe, züchtete einfältig Blumen, saß vor dem leeren Barockrahmen und dachte mir etwas dabei.
Die Post. Täglich kam sie. Täglich antwortete ich, ohne gelesen zu haben. Immer annehmend, daß Elvira gleich mir nicht mit dem Brieföffner Umgang pflegte, schichtete ich Stapel um Stapel und versiegelte halbjährlich mit grobem Bindfaden. Das war ein fleißiges Epistelschreiben. Ich verteidigte das laute Apfelessen, sie eiferte sicher mit schöner, steiler Schrift übers gleiche Obst.
Der Teufel stellte ein Bein. Schrieb ich doch eines Tages: Der Kompromiß wäre möglich. Ich würde fortan nur wei-

che Birnen, Pflaumen und Pfirsiche zum Nachtisch auftragen lassen, sie möge doch kommen und hören, wie sich das ausnehmen würde. – Sie kam, Elvira kam. Alle Zettel hatte sie gelesen, täglich hatte ihr Brieföffner mich offenbart, und nun wollte sie Birnen hören, ja, sie brachte mit: Gelbe Williams.

Es kam nicht zu diesem Mahl. Kaum betrat Elvira mein Veteranenzimmer, schrie ich auch schon: »Elvira, den Rock aus. Ich bitt' dich, den Rock herunter, du weißt nicht, was du tust.« Zu spät kam mein Warnruf. Das Mädchen, nein, das geliebte Mädchen konnte den tomatenfarbenen Stoff nicht mehr von sich nehmen. Gräßlich zerbarst die Mauer, mitten durch den leeren Barockrahmen, das vergoldete Geviert mit den Schultern vom Haken reißend, sprang der Fünfjährige, schnaubte Mörtel und Ziegelsplitt, stampfte, daß man das Schlimmste befürchten mußte. Ach, schrie Elvira, ach verwünschte sie ihre grelle Kleidung. Schon senkte der mächtige Kopf sich, schon unterlief das Auge; zwei Sprünge machte ich, riß von der Wand, was dort zum Andenken hing, hieb durch die Zimmerluft, nahm die bezeichnende Haltung ein, umtanzte den Gereizten, versuchte mit all meiner Kunst, diese Hörner, an denen noch die Tapete fetzte, von Elviras heiligem Unterleib zu locken. Da, jetzt sah ich die Stirn, jetzt kam mir das Auge bekannt vor, begriff ich es wieder, das furchtbare Dreieck. Passieren ließ ich ihn. O Elvira, dein Rock. Kniend wartete ich. Dein Tuch wie Nasenbluten, Elvira. Die Feder kann nicht so biegen, wie ich mich ihm bog und ihn schmückte. Wenn auch das Zimmer klein ist, Elvira. Jubelt dein Herz nicht, wenn du sein Knie brechen hörst? Denkst

du noch immer an jene leidigen Äpfel? Sein schönes Auge läuft über, seine Brust klingt aus, der Barockrahmen rahmt ihn, Blattgold springt von den Leisten und schwimmt auf dem Fluß, dem er Quelle ist.
Nur einen kleinen Schritt machte das Mädchen dem nun zur Ruhe gekommenen Berg entgegen: »Hast du noch mehr Stiere hinter der Tapete?« hauchte sie kaum und wies mit Fingern auf die noch heilen Wände. »Hundert!« war meine Antwort. »Zieh den Rock aus, Elvira. Hundert dreieckigen Stierköpfen flattert dein Tuch vorm Auge.«
Schnell zog sie sich damals aus. Mehr noch als diesen modischen Stoff nahm sie von sich, teils um der mauersprengenden Kraft zu entgehen, teils um in mir ihren Retter zu spüren.
Heute ist Elvira meine Frau. Sie pflegt den Garten und hält meinen Sohn an der Hand. Die Mauer haben wir schließen lassen. Kein Stier träumt mehr hinter Tapeten. Kein leerer Barockrahmen wartet mehr auf ein Bildnis. Doch mich hat die Arena wieder. Auf den Plakaten spricht sich mein Name aus, und wer mich überraschen will, der muß ein Hotelzimmer im Hafen ausfindig machen. Dort sitze ich auf einem rohen Stuhl, in einem halbdunklen, feuchten Loch und schlage mein Gebiß in platzvolle Äpfel, betrachte den Biß und finde immer wieder bestätigt, daß mein Zahnfleisch blutet.

Die Linkshänder

Erich beobachtet mich. Auch ich lasse kein Auge von ihm. Beide halten wir Waffen in der Hand, und beschlossen ist, daß wir diese Waffen gebrauchen, einander verletzen werden. Unsere Waffen sind geladen. In langen Übungen erprobte, gleich nach den Übungen sorgfältig gereinigte Pistolen halten wir vor uns, das kühle Metall langsam erwärmend. Auf die Länge nimmt sich solch ein Schießeisen harmlos aus. Kann man nicht einen Füllfederhalter, einen gewichtigen Schlüssel so halten und einer schreckhaften Tante mit dem gespreizten schwarzen Lederhandschuh einen Schrei abkaufen? Nie darf in mir der Gedanke reifen, Erichs Waffe könnte blind, harmlos, ein Spielzeug sein. Auch weiß ich, daß Erich keine Sekunde an der Ernsthaftigkeit meines Werkzeuges zweifelt. Zudem haben wir, etwa vor einer halben Stunde, die Pistolen auseinandergenommen, gereinigt, wieder zusammengesetzt, geladen und entsichert. Wir sind keine Träumer. Zum Ort unserer unvermeidlichen Aktion haben wir Erichs Wochenendhäuschen bestimmt. Da das einstöckige Gebäude mehr als eine Wegstunde von der nächsten Bahnstation, also recht einsam liegt, dürfen wir annehmen, daß jedes unerwünschte Ohr, in des Wortes wahrer Bedeutung, weitab vom Schuß sein wird. Das Wohnzimmer haben wir ausgeräumt und die Bilder, zumeist Jagdszenen und Wildbretstilleben, von den Wänden genommen. Die Schüsse sollen ja nicht den Stühlen, warmglänzenden Kommoden und reichgerahmten Gemälden gelten. Auch wollen wir nicht

den Spiegel treffen oder ein Porzellan verletzen. Nur auf uns haben wir es abgesehen.
Wir sind beide Linkshänder. Wir kennen uns vom Verein her. Sie wissen, daß die Linkshänder dieser Stadt, wie alle, die ein verwandtes Gebrechen drückt, einen Verein gegründet haben. Wir treffen uns regelmäßig und versuchen unseren anderen, leider so ungeschickten Griff zu schulen. Eine Zeitlang gab uns ein gutwilliger Rechtshänder Unterricht. Leider kommt er jetzt nicht mehr. Die Herren im Vorstand kritisierten seine Lehrmethode und befanden, die Mitglieder des Vereins sollten aus eigener Kraft umlernen. So verbinden wir nun gemeinsam und zwanglos eigens für uns erfundene Gesellschaftsspiele mit Geschicklichkeitsproben wie: Rechts einfädeln, eingießen, aufmachen und zuknöpfen. In unseren Statuten heißt es: Wir wollen nicht ruhen, bis daß rechts wie links ist.
Wie schön und kraftvoll dieser Satz auch sein mag, ist er doch lautester Unsinn. So werden wir es nie schaffen. Und der extreme Flügel unserer Verbindung verlangt schon lange, daß diese Sentenz gestrichen wird und statt dessen geschrieben steht: Wir wollen auf unsere linke Hand stolz sein und uns nicht unseres angeborenen Griffes schämen.
Auch diese Parole stimmt sicher nicht, und nur ihr Pathos, wie auch eine gewisse Großzügigkeit des Gefühls, ließ uns diese Worte wählen. Erich und ich, die wir beide dem extremen Flügel zugezählt werden, wissen zu gut, wie tief verwurzelt unsere Scham ist. Elternhaus, Schule, später die Zeit beim Militär haben nicht dazu beigetragen, uns eine Haltung zu lehren, die diese geringfügige

Absonderlichkeit – geringfügig im Vergleich mit anderen, weitverbreiteten Abnormitäten – mit Anstand ertrüge. Das begann mit dem kindlichen Händchengeben. Diese Tanten, Onkels. Freundinnen mütterlicherseits, Kollegen väterlicherseits, dieses nicht zu übersehende, den Horizont einer Kindheit verdunkelnde, schreckliche Familienfoto. Und allen mußte die Hand gegeben werden: »Nein, nicht das unartige Händchen, das brave. Wirst du wohl das richtige Händchen geben, das gute Händchen, das kluge, geschickte, das einzig wahre, das rechte Händchen!«
Sechzehnjahre war ich alt und faßte zum erstenmal ein Mädchen an: »Ach, du bist ja Linkshänder!« sagte sie enttäuscht und zog mir die Hand aus der Bluse. Solche Erinnerungen bleiben, und wenn wir dennoch diesen Spruch – Erich und ich verfaßten ihn – in unser Buch schreiben wollen, so soll damit nur die Benennung eines sicher nie zu erreichenden Ideals versucht werden. Nun hat Erich die Lippen aufeinandergepreßt und die Augen schmal gemacht. Ich tue das gleiche. Unsere Backenmuskeln spielen, die Stirnhaut spannt sich, schmal werden unsere Nasenrücken. Erich gleicht jetzt einem Filmschauspieler, dessen Züge mir aus vielen abenteuerlichen Szenen vertraut sind. Darf ich annehmen, daß auch mir diese fatale Ähnlichkeit mit einem dieser zweideutigen Leinwandhelden anhaftet? Wir mögen grimmig aussehen, und ich bin froh, daß uns niemand beobachtet. Würde er, der unerwünschte Augenzeuge, nicht annehmen, zwei junge Männer allzu romantischer Natur wollen sich duellieren? Sie haben die gleiche Räuberbraut, oder der eine hat wohl dem anderen Übles nachgesagt. Eine seit Generationen währende Fa-

milienfehde, ein Ehrenhandel, ein blutiges Spiel auf Gedeih und Verderb. So blicken sich nur Feinde an. Seht diese schmalen, farblosen Lippen, diese unversöhnlichen Nasenrücken. Wie sie den Haß kauen, diese Todessüchtigen.

Wir sind Freunde. Wenn unsere Berufe auch noch so verschieden sind – Erich ist Abteilungsleiter in einem Warenhaus, ich habe den gutbezahlten Beruf des Feinmechanikers gewählt –, können wir doch so viel gemeinsame Interessen aufzählen, als nötig sind, einer Freundschaft Dauer zu verleihen. Erich gehört dem Verein länger an als ich. Gut erinnere ich mich des Tages, da ich schüchtern und viel zu feierlich gekleidet im Stammlokal der Einseitigen eintrat, Erich mir entgegenkam, dem Unsicheren die Garderobe wies, mich klug, doch ohne lästige Neugierde betrachtete und dann mit seiner Stimme sagte: »Sie wollen sicher zu uns. Seien Sie ganz ohne Scheu; wir sind hier, um uns zu helfen.«

Ich sagte soeben »die Einseitigen«. So nennen wir uns offiziell. Doch auch diese Namengebung scheint mir, wie ein Großteil der Statuten, mißlungen. Der Name spricht nicht deutlich genug aus, was uns verbinden und eigentlich auch stärken sollte. Gewiß wären wir besser genannt, würden wir kurz die Linken oder, klangvoller, die linken Brüder heißen. Sie werden erraten, warum wir verzichten mußten, uns unter diesen Titeln eintragen zu lassen. Nichts wäre unzutreffender und dazu beleidigender, als uns mit jenen sicher bedauernswerten Menschen zu vergleichen, denen die Natur die einzig menschenwürdige Möglichkeit vorenthielt, der Liebe Genüge zu tun. Ganz im Gegenteil sind wir eine buntgewürfelte Gesellschaft, und ich darf sagen,

daß unsere Damen es an Schönheit, Charme und gutem Benehmen mit manch einer Rechtshänderin aufnehmen, ja, vergliche man sorgfältig, ergäbe sich ein Sittenbild, das manchen um das Seelenheil seiner Gemeinde besorgten Pfarrer von der Kanzel ausrufen ließe: »Ach, wäret Ihr doch alle Linkshänder!«
Dieser fatale Vereinsname. Selbst unser erster Vorsitzender, ein etwas zu patriarchalisch denkender und leider auch lenkender höherer Beamter der Stadtverwaltung, Katasteramt, muß dann und wann einräumen, daß wir nicht gut heißen, daß es am Links fehlen würde, daß wir weder die Einseitigen sind noch einseitig denken, fühlen und handeln.
Gewiß sprachen auch politische Bedenken mit, als wir die besseren Vorschläge verwarfen und uns so nannten, wie wir eigentlich nie hätten heißen dürfen. Nachdem die Mitglieder des Parlamentes von der Mitte aus nach der einen oder anderen Seite tendieren und die Stühle ihres Hauses so gestellt sind, daß allein schon die Stuhlordnung die politische Situation unseres Vaterlandes verrät, ist es zur Sitte geworden, einem Schreiben, einer Rede, in der das Wörtchen links mehr als einmal vorkommt, eine gefährliche Radikalität anzudichten. Nun, hier mag man ruhig sein. Wenn ein Verein unserer Stadt ohne politische Ambitionen auskommt und nur der gegenseitigen Hilfe, der Geselligkeit lebt, dann ist es der unsrige. Um nun noch jedem Verdacht erotischer Abwegigkeit hier und für alle Zeit die Spitze abzubrechen, sei kurz erwähnt, daß ich unter den Mädchen unserer Jugendgruppe meine Verlobte gefunden habe. Sobald für uns eine Wohnung frei wird,

wollen wir heiraten. Wenn eines Tages der Schatten schwinden wird, den jene erste Begegnung mit dem weiblichen Geschlecht auf mein Gemüt warf, werde ich diese Wohltat Monika verdanken können.
Unsere Liebe hat nicht nur mit den allbekannten und in vielen Büchern beschriebenen Problemen fertig werden müssen, auch unser manuelles Leiden mußte verwunden und fast verklärt werden, damit es zu unserem kleinen Glück kommen konnte. Nachdem wir in der ersten, begreiflichen Verwirrung versucht hatten, rechtshändig einander gut zu sein, und bemerken mußten, wie unempfindlich diese unsere taube Seite ist, streicheln wir nur noch geschickt, das heißt, wie uns der Herr geschaffen hat. Ich verrate nicht zuviel und hoffe auch, nicht indiskret zu sein, wenn ich hier andeute, daß es immer wieder Monikas liebe Hand ist, die mir die Kraft gibt, auszuharren und das Versprechen zu halten. Gleich nach dem ersten gemeinsamen Kinobesuch habe ich ihr versichern müssen, daß ich ihr Mädchentum schonen werde, bis wir uns die Ringe – hier leider nachgebend und das Ungeschick einer Veranlagung bekräftigend – an die rechten Ringfinger stecken. Dabei wird in südlichen, katholischen Ländern das goldene Zeichen der Ehe links getragen, wie denn auch wohl in jenen sonnigen Zonen mehr das Herz als der unerbittliche Verstand regiert. Vielleicht um hier auf Mädchenart zu revoltieren und zu beweisen, in welch eindeutiger Form die Frauen argumentieren können, wenn ihre Belange gefährdet zu sein scheinen, haben die jüngeren Damen unseres Vereins in emsiger Nachtarbeit unserer grünen Fahne die Inschrift gestickt: Links schlägt das Herz.

Monika und ich haben diesen Augenblick des Ringewechselns nun schon so oft besprochen und sind doch immer wieder zu demselben Ergebnis gekommen: Wir können es uns nicht leisten, vor einer unwissenden, nicht selten böswilligen Welt, als Verlobte zu gelten, wenn wir schon lang ein getrautes Paar sind und alles, das Große und das Kleine, miteinander teilen. Oft weint Monika wegen dieser Ringgeschichte. Wie wir uns auch auf diesen unseren Tag freuen mögen, wird denn wohl doch ein leichter Trauerschimmer auf all den Geschenken, reichgedeckten Tischen und angemessenen Feierlichkeiten liegen.
Nun zeigt Erich wieder sein gutes, normales Gesicht. Auch ich gebe nach, verspüre aber dennoch eine Zeitlang diesen Krampf in der Kiefermuskulatur. Zudem zucken noch immer die Schläfen. Nein, ganz gewiß standen uns diese Grimassen nicht. Unsere Blicke treffen sich ruhiger und deshalb auch mutiger; wir zielen. Jeder meint die gewisse Hand des anderen. Ich bin ganz sicher, daß ich nicht fehlen werde; und auch auf Erich kann ich mich verlassen. Zu lange haben wir geübt, fast jede freie Minute in einer verlassenen Kiesgrube am Stadtrand zugebracht, um heute, da sich so vieles entscheiden soll, nicht zu versagen.
Ihr werdet schreien, das grenzt an Sadismus, nein, das ist Selbstverstümmelung. Glaubt mir, all diese Argumente sind uns bekannt. Nichts, kein Verbrechen haben wir uns nicht vorgeworfen. Wir stehen nicht zum ersten Mal in diesem ausgeräumten Zimmer. Viermal sahen wir uns so bewaffnet, und viermal ließen wir, erschreckt durch unser Vorhaben, die Pistolen sinken. Erst heute haben wir Klarheit. Die letzten Vorkommnisse persönlicher Art und auch

im Vereinsleben geben uns recht, wir müssen es tun. Nach langem Zweifel – wir haben den Verein, das Wollen des extremen Flügels in Frage gestellt – greifen wir nun endgültig zu den Waffen. So bedauerlich es ist, wir können nicht mehr mitmachen. Unser Gewissen verlangt, daß wir uns von den Gepflogenheiten der Vereinskameraden distanzieren. Hat sich doch da ein Sektierertum breitgemacht, und die Reihen der Vernünftigsten sind mit Schwärmern, sogar Fanatikern durchsetzt. Die einen himmeln nach rechts, die anderen schwören auf links. Was ich nie glauben wollte, politische Parolen werden von Tisch zu Tisch geschrien, der widerliche Kult des eidbedeutenden, linkshändigen Nägeleinschlagens wird so gepflegt, daß manche Vorstandssitzung einer Orgie gleicht, in der es gilt, durch heftiges und besessenes Hämmern in Ekstase zu geraten. Wenn es auch niemand laut ausspricht und die offensichtlich dem Laster Verfallenen bislang kurzerhand ausgestoßen wurden, es läßt sich nicht leugnen: Jene verfehlte und mir ganz unbegreifliche Liebe zwischen Geschlechtsgleichen hat auch bei uns Anhänger gefunden. Und um das Schlimmste zu sagen: Auch mein Verhältnis zu Monika hat gelitten. Zu oft ist sie mit ihrer Freundin, einem labilen und sprunghaften Geschöpf, zusammen. Zu oft wirft sie mir Nachgiebigkeit und mangelnden Mut in jener Ringgeschichte vor, als daß ich glauben könnte, es sei noch dasselbe Vertrauen zwischen uns, es sei noch dieselbe Monika, die ich, nun immer seltener, im Arm halte.

Erich und ich versuchen jetzt gleichmäßig zu atmen. Je mehr wir auch hierin übereinstimmen, um so sicherer werden wir, daß unser Handeln vom guten Gefühl gelenkt

wird. Glaubt nicht, es ist das Bibelwort, welches da rät, das Ärgernis auszureißen. Vielmehr ist es der heiße, immerwährende Wunsch, Klarheit zu bekommen, noch mehr Klarheit, zu wissen, wie steht es um mich, ist dieses Schicksal unabänderlich, oder haben wir es in der Hand, einzugreifen und unserem Leben eine normale Richtung zu weisen? Keine läppischen Verbote mehr, Bandagen und ähnliche Tricks. Rechtschaffen wollen wir in freier Wahl und durch nichts mehr vom Allgemeinen getrennt neu beginnen und eine glückliche Hand haben.
Jetzt stimmt unser Atem überein. Ohne uns ein Zeichen zu geben, haben wir gleichzeitig geschossen. Erich hat getroffen, und auch ich habe ihn nicht enttäuscht. Jeder hat, wie vorgesehen, die wichtige Sehne so unterbrochen, daß die Pistolen, nicht mehr kraftvoll genug gehalten, zu Boden fielen und damit nun jeder weitere Schuß überflüssig ist. Wir lachen und beginnen unser großes Experiment damit, ungeschickt, weil nur auf die rechte Hand angewiesen, die Notverbände anzulegen.

Zahnpflege

Ihnen darf ich es anvertrauen, es benutzt jemand meine Zahnbürste und meine Zahnpaste. Ich bewohne ein Hotelzimmer, bin berufstätig und somit nicht in der Lage, wie die Mehrzahl der Hotelbewohner, meinem Zimmer mit Koffer, Schrank, halbvollem Bücherbrett, Grammophon, Plattensammlung und eben auch meinen Toilettenutensilien aufzupassen.

Ich weiß nicht, ob er durchs Fenster steigt. Das Zimmer liegt knapp unter dem flachen Dach, es wäre immerhin möglich. Oder sollte es jemand vom Hotelpersonal sein? Natürlich wage ich nicht, mit Herrn Teillant darüber zu sprechen. Herr Teillant sitzt unten in der Loge und reicht mir seit Jahren die Post und den Schlüssel. Er ist es, dem ich halbmonatlich die Miete hinlege und er wäre der einzige Mensch in diesem Haus, der in der Lage wäre, mein Anliegen zu hören und unter dem Personal diskrete Nachforschungen anzustellen. Schon mehrmals nahm ich einen Anlauf und wollte, leichthin auf den Zimmerschlüssel weisend, in scherzhaftem Ton meinen Verdacht aussprechen. Mein Gott, wenn es ein Paar Schuhe wären oder ein Füllfederhalter, ich ginge zu ihm und sagte: so und so ist es! Über meine Zahnbürste kann ich nicht sprechen.

Ich bemerkte es an einem Sonntagmorgen. Von guter Laune gestochen, sprang ich aus dem Bett. Ich war mit meiner Verlobten verabredet, wir wollten hinaus fahren, im Freien unser Mittagsmahl einnehmen und wer weiß, was nicht alles tun. Flüchtig absolvierte ich meine tägliche

Morgengymnastik um so gründlich meinen Körper zu reinigen, denn nichts ist meiner Verlobten unerträglicher, als eine gewisse Nachlässigkeit der Hygiene gegenüber. Frisch gewaschen und wunderbar wach wollte ich nun zum Zahnglas greifen, da stutzte ich. Nicht etwa, daß ich optisch etwas wahrnahm, eine Veränderung bemerkte. Plötzlich zwang mich ein unbeschreiblicher Ekel, das Glas wieder hinzusetzen, ja, Abstand zu nehmen von meiner, wie ich ganz sicher zu spüren glaubte, mißbrauchten Zahnbürste. Ich ließ es an diesem Sonntag mit einer Mundspülung genug sein und mußte mir hinterher von meiner Verlobten Vorwürfe anhören, wie: »Du riechst aus dem Mund, Herbert. Ich kann nicht verstehen, wie du es wagen kannst, mir so zu kommen.«

Inzwischen habe ich mir sechsunddreißig neue Zahnbürsten kaufen müssen. Nicht regelmäßig, doch wenigstens dreimal in der Woche berührt mich der Anblick meines Toilettentischchens mit Abscheu. Ich bin gewiß nicht kleinlich. Wüßte ich, daß es ein Kind ist oder ein junges übermütiges Mädchen, mit einer sorgfältigen Waschung der Bürste gäbe ich mich zufrieden. Doch wer beweist mir, daß es nicht einer jener wüsten und ganz und gar quer veranlagten Menschen ist, der bei mir einbricht und sich an den intimsten menschlichen Gebrauchsgegenständen vergreift?

Wochen sind vergangen, mein Zahnbürstenverbrauch hat sich gesteigert. Ich bin gezwungen, einen Teil meines Lohnes, den ich früher für harmlose Vergnügen ausgab, einem Verbrecher zu opfern. Bei alledem haben die Streitigkeiten mit meiner Verlobten zugenommen. Als ein nervöser, in seinen geheimsten Regungen beobachteter Mensch, bin ich nicht mehr in der Lage, Franziska, so heißt das Mädchen, einen sprühenden, lebenslustigen, wahrhaft weiblichen Teufel zu bändigen. Wenn auch schon früher der Termin unserer geplanten Heirat dann und wann Anlaß zu kleinen Meinungsverschiedenheiten gab, ist heute der von ihr so heiß und so bald wie möglich ersehnte Hochzeitstag, Grund zu ernsten Zerwürfnissen geworden. Ich hätte gerne in etwa einem Jahr geheiratet und mit Hilfe einer bald zu erwartenden Gehaltserhöhung, unsere Ehe gut vorbereitet. Sie schlägt alle meine Vorsorglichkeit in den Wind und will es Ostern, das heißt in vierzehn Tagen genau wissen. Meine peinliche Zahnbürstengeschichte – ich habe sie ihr gestehen müssen – liefert ihr unwiderlegliche Argumente wie: »Du vertrottelst vollkommen auf deiner Bude. Es wird Zeit, daß ich mal nach dem Rechten sehe. So geht es nicht weiter, Herbert. Du stinkst aus dem Mund, jawohl, du stinkst. Was machst du nur? Sicher erzählst du mir nicht die Wahrheit. Wer weiß, wo du dich nachts rumtreibst.«

Lassen sie mich noch diesen Nachtrag liefern. Niemand vergreift sich mehr an meiner Zahnbürste. Ich habe geheiratet. Franziska ist eine gute Frau. Doch all ihr Liebreiz und weiblicher Reichtum können mich nicht hindern, sie gelegentlich mißtrauisch anzusehen und mir den irrsinnigen Verdacht zu melden, sie, von Beruf Sportlehrerin und schon immer eine gute Kletterin, sie könnte es gewesen sein, die mich durch den unkontrollierbaren Gebrauch meiner Zahnpflegewerkzeuge gezwungen hat, vorzeitig eine Ehe einzugehen.

Glaube Hoffnung Liebe

Es war einmal ein Musiker, der hieß Meyn und konnte ganz wunderschön Trompete blasen. In der vierten Etage unter dem Dach eines Mietshauses wohnte er, hielt sich vier Katzen, deren eine Bismarck hieß, und trank von früh bis spät aus einer Machandelflasche. Das tat er so lange, bis das Unglück ihn nüchtern werden ließ.

Oskar will heute noch nicht so recht an Vorzeichen glauben. Dennoch gab es damals Vorzeichen genug für ein Unglück, das immer größere Stiefel anzog, mit immer größeren Stiefeln größere Schritte machte und das Unglück umherzutragen gedachte. Da starb mein Freund Herbert Truczinski an einer Brustwunde, die ihm ein hölzernes Weib zugefügt hatte. Das Weib starb nicht. Das wurde versiegelt und im Museumskeller, angeblich wegen Restaurationsarbeiten, aufbewahrt. Doch man kann das Unglück nicht einkellern. Mit den Abwässern findet es durch die Kanalisation, es teilt sich den Gasleitungen mit, kommt allen Haushaltungen zu, und niemand, der da sein Suppentöpfchen auf die bläulichen Flammen stellt, ahnt, daß da das Unglück seinen Fraß zum Kochen bringt.

Als Herbert auf dem Friedhof Langfuhr beerdigt wurde, sah ich Schugger Leo, dessen Bekanntschaft ich auf dem Brentauer Friedhof gemacht hatte, zum zweitenmal. Uns allen, Mutter Truczinski, Guste, Fritz und Maria Truczinski, der dicken Frau Kater, dem alten Heilandt, der an den Festtagen Fritzens Kaninchen für Mutter Truczinski schlachtete, meinem mutmaßlichen Vater Matzerath, der, großzügig wie er sich geben konnte, die gute Hälfte der Begräbniskosten trug, auch Jan Bronski, der Herbert kaum kannte, der nur gekommen war, um Matzerath, womöglich auch mich auf neutralem Friedhofsboden wiederzusehen – uns allen sagte sabbernd und zitternde, weiß schimmelnde Handschuhe reichend Schugger Leo sein wirres, Freud und Leid nicht unterscheidendes Beileid.

Als Schugger Leos Handschuhe dem Musiker Meyn, der halb in Zivil, halb in SA-Uniform gekommen war, zuflatterten, geschah ein weiteres Zeichen künftigen Unglücks.

Aufgescheucht warf sich Leos bleicher Handschuhstoff hoch, flog davon und zog Leo mit sich über Gräber hinweg. Schreien hörte man ihn; doch war es kein Beileid, was da als Wortfetzen in der Friedhofsbepflanzung hängenblieb.

Niemand rückte von dem Musiker Meyn ab. Dennoch stand er vereinzelt, durch Schugger Leo erkannt und gezeichnet, zwischen der Trauergemeinde und hantierte verlegen mit seiner Trompete, die er extra mitgebracht, auf der er zuvor über Herberts Grab hinweg ganz wunderschön geblasen hatte. Wunderschön, weil Meyn, was er seit langem nicht mehr tat, vom Machandel getrunken hatte, weil ihm Herberts Tod, mit dem er in einem Alter war, naheging, während mich und meine Trommel Herberts Tod stumm machte.

Es war einmal ein Musiker, der hieß Meyn und konnte ganz wunderschön Trompete blasen. In der vierten Etage unter dem Dach unseres Mietshauses wohnte er, hielt sich vier Katzen, deren eine Bismarck hieß, und trank von früh bis spät aus einer Machandelflasche, bis er, ich glaube, Ende sechsunddreißig oder Anfang siebenunddreißig in die Reiter-SA eintrat, dort als Trompeter im Musikerkorps zwar viel fehlerloser, aber nicht mehr wunderschön Trompete blies, weil er, in die gelederten Reiterhosen schlüpfend, die Machandelflasche aufgegeben hatte und nur noch nüchtern und laut in sein Blech stieß.

Als dem SA-Mann Meyn der Jugendfreund Herbert Truczinski starb, mit dem er während der zwanziger Jahre zuerst einer kommunistischen Jugendgruppe, dann den Roten Falken Mitgliederbeiträge gezahlt hatte, als der unter die Erde gebracht werden sollte, griff Meyn zu seiner Trompete und zugleich zu einer Machandelflasche. Denn er wollte wunderschön blasen und nicht nüchtern, hatte sich auch auf braunem Pferd reitend das Musikerohr bewahrt und nahm deshalb noch auf dem Friedhof einen Schluck und behielt auch beim Trompeteblasen den Mantel aus Zivilstoff über der Uniform an, obgleich er sich vorgenommen hatte, über die Friedhofserde hinweg in Braun, wenn auch ohne Kopfbedeckung, zu blasen.

Es war einmal ein SA-Mann, der behielt, als er am Grabe seines Jugendfreundes ganz wunderschön und machandelhell Trompete blies, den Mantel über der Reiter-SA-Uniform an. Als jener Schugger Leo, den es auf allen Friedhöfen gibt, der Trauergemeinde sein Beileid sagen wollte, bekamen auch alle Schugger Leos Beileid zu hören. Nur der SA-Mann durfte den weißen Handschuh Leos nicht fassen, weil Leo den SA-Mann erkannte, fürchtete und ihm laut schreiend den Handschuh und das Beileid entzog. Der SA-Mann aber ging ohne Beileid und mit kalter Trompete nach Hause, wo er in seiner Wohnung unter dem Dach unseres Mietshauses seine vier Katzen fand.

Es war einmal ein SA-Mann, der hieß Meyn. Aus Zeiten, da er tagtäglich Machandel getrunken und ganz wunderschön Trompete geblasen hatte, bewahrte sich Meyn in seiner Wohnung vier Katzen auf, deren eine Bismarck hieß. Als der SA-Mann Meyn eines Tages vom Begräbnis seines Jugendfreundes Herbert Truczinski zurückkam und traurig und schon wieder nüchtern war, weil ihm jemand das Beileid verweigert hatte, fand er sich ganz alleine mit seinen vier Katzen in der Wohnung. Die Katzen rieben sich an seinen Reiterstiefeln, und Meyn gab ihnen ein Zeitungspapier voller Heringsköpfe, was die Katzen von seinen Stiefeln weglockte. Es roch an jenem Tage besonders stark in der Wohnung nach den vier Katzen, die alle Kater waren, deren einer Bismarck hieß und schwarz auf weißen Pfoten ging. Meyn aber hatte keinen Machandel in der Wohnung. Deshalb roch es immer mehr nach den Katzen oder Katern. Vielleicht hätte er in unserem Kolonialwarengeschäft welchen gekauft, wenn er seine Wohnung nicht in der vierten Etage unter dem Dach gehabt hätte. So aber fürchtete er die Treppen und fürchtete auch die Leute der Nachbarschaft, vor denen er oft genug geschworen hatte, daß kein Tröpfchen Machandel mehr über seine Musikerlippen komme, daß ein neues, stocknüchternes Leben beginne, daß er sich fortan der Ordnung verschreibe und nicht mehr den Räuschen einer verpfuschten und haltlosen Jugend.

Es war einmal ein Mann, der hieß Meyn. Als der sich eines

Tages mit seinen vier Katern, deren einer Bismarck hieß, alleine in seiner Wohnung unter dem Dach fand, mißfiel ihm der Katergeruch besonders, weil er am Vormittag etwas Peinliches erlebt hatte, auch weil es keinen Machandel im Hause gab. Da jedoch Peinlichkeit und Durst zunahmen und den Katergeruch steigerten, griff Meyn, der Musiker von Beruf war und Mitglied der Reiter-SA-Kapelle, nach dem Feuerhaken neben dem kalten Dauerbrandofen und schlug solange auf die Kater ein, bis er annehmen konnte, alle vier, auch der Kater namens Bismarck, seien tot und fertig; wenn auch der Katergeruch in der Wohnung nichts von seiner Eindringlichkeit verloren hatte.

Es war einmal ein Uhrmacher, der hieß Laubschad und wohnte in der ersten Etage unseres Mietshauses in einer Zweizimmerwohnung, deren Fenster zum Hof sahen. Der Uhrmacher Laubschad war unverheiratet, Mitglied der NS-Volkswohlfahrt und des Tierschutzvereins. Ein gutes Herz hatte Laubschad und half allen müden Menschen, kranken Tieren und kaputten Uhren wieder auf die Beine. Als der Uhrmacher eines Nachmittags besinnlich und das am Vormittag erlebte Begräbnis eines Nachbarn bedenkend am Fenster saß, sah er, wie der Musiker Meyn, der in der vierten Etage desselben Mietshauses seine Wohnung hatte, einen halbvollen Kartoffelsack, der unten feucht zu sein schien und tropfte, auf den Hof trug und in einem der beiden Müllkästen versenkte. Da aber der Müllkasten dreiviertel voll war, gelang es dem Musiker nur mit Mühe, den Deckel zu schließen.

Es waren einmal vier Kater, deren einer Bismarck hieß.

Diese Kater gehörten einem Musiker namens Meyn. Da die Kater, die nicht kastriert waren, streng und vorherrschend rochen, erschlug der Musiker eines Tages, da ihm aus besonderen Gründen der Geruch besonders unangenehm war, die vier Kater mit einem Feuerhaken, versorgte die Kadaver in einem Kartoffelsack, trug den Sack die vier Treppen hinunter und hatte es eilig, das Bündel im Müllkasten auf dem Hof neben der Teppichklopfstange zu versenken, weil das Sacktuch durchlässig war und schon in der zweiten Etage zu tropfen anfing. Da jedoch der Müllkasten ziemlich gefüllt war, mußte der Musiker den Müll mit dem Sack zusammendrücken, um den Deckel des Kastens schließen zu können. Er mochte das Mietshaus zur Straßenseite hin kaum verlassen haben – denn in die nach Katzen riechende aber katzenlose Wohnung wollte er nicht zurückkehren –, da begann der zusammengedrückte Müll sich wieder auszudehnen, hob den Sack und mit dem Sack den Müllkastendeckel.

Es war einmal ein Musiker, der erschlug seine vier Katzen, begrub die im Müllkasten, verließ das Haus und suchte seine Freunde auf.

Es war einmal ein Uhrmacher, der saß nachdenklich am Fenster und beobachtete, wie der Musiker Meyn einen halbvollen Sack in den Müllkasten stopfte, sodann den Hof verließ, auch daß der Müllkastendeckel sich wenige Augenblicke nach Meyns Abgang hob und immer noch ein bißchen mehr hob.

Es waren einmal vier Kater, die wurden, weil sie an einem besonderen Tag besonders stark rochen, totgeschlagen, in einen Sack gestopft und im Müllkasten vergraben. Die Kat-

zen aber, deren eine Bismarck hieß, waren noch nicht ganz tot, sondern zäh, wie Katzen eben zäh sind. Sie bewegten sich in dem Sack, brachten den Müllkastendeckel in Bewegung und stellten dem Uhrmacher Laubschad, der immer noch sinnend am Fenster saß, die Frage: Rate mal, was in dem Sack ist, den der Musiker Meyn in den Müllkasten gesteckt hat?
Es war einmal ein Uhrmacher, der konnte nicht ruhig ansehen, daß sich etwas im Müllkasten bewegte. So verließ er seine Wohnung in der ersten Etage des Mietshauses, begab sich auf den Hof des Mietshauses, öffnete den Müllkastendeckel und den Sack, nahm die vier zerschlagenen, aber immer noch lebenden Kater an sich, um sie zu pflegen. Aber sie starben ihm noch während der folgenden Nacht unter den Uhrmacherfingern, und es blieb ihm nichts anderes zu tun übrig, als beim Tierschutzverein, dessen Mitglied er war, eine Anzeige zu machen und auch die Ortsgruppenleitung von der das Ansehen der Partei schädigenden Tierquälerei zu benachrichtigen.
Es war einmal ein SA-Mann, der tötete vier Kater und wurde, da die Kater noch nicht ganz tot waren, von den Katern verraten und von einem Uhrmacher angezeigt. Es kam zu einem gerichtlichen Verfahren, und der SA-Mann mußte Strafe zahlen. Doch auch bei der SA wurde über den Fall gesprochen, und der SA-Mann sollte wegen unwürdigen Verhaltens aus der SA ausgestoßen werden. Selbst als sich der SA-Mann während der Nacht vom neunten zum zehnten November achtunddreißig, die man später die Kristallnacht nannte, besonders mutig hervortat, die Langfuhrer Synagoge im Michaelisweg mit anderen in

Brand steckte, auch kräftig mittat, als am folgenden Morgen mehrere zuvor genau bezeichnete Geschäfte geräumt werden mußten, konnte all sein Eifer seine Entfernung aus der Reiter-SA nicht verhindern. Wegen unmenschlicher Tierquälerei wurde er degradiert und von der Mitgliederliste gestrichen. Erst ein Jahr später gelang ihm der Eintritt in die Heimwehr, die später von der Waffen-SS übernommen wurde.

Es war einmal ein Kolonialwarenhändler, der schloß an einem Novembertag sein Geschäft, weil in der Stadt etwas los war, nahm seinen Sohn Oskar bei der Hand und fuhr mit der Straßenbahn Linie Fünf bis zum Langgasser Tor, weil dort wie in Zoppot und Langfuhr die Synagoge brannte. Die Synagoge war fast abgebrannt, und die Feuerwehr paßte auf, daß der Brand nicht auf die anderen Häuser übergriff. Vor der Ruine schleppten Uniformierte und Zivilisten Bücher, sakrale Gebrauchsgegenstände und merkwürdige Stoffe zusammen. Der Berg wurde in Brand gesteckt, und der Kolonialwarenhändler benutzte die Gelegenheit und wärmte seine Finger und seine Gefühle über dem öffentlichen Feuer. Sein Sohn Oskar jedoch, der den Vater so beschäftigt und entflammt sah, verdrückte sich unbeobachtet und eilte in Richtung Zeughauspassage davon, weil er um seine Trommeln aus weißrot gelacktem Blech besorgt war.

Es war einmal ein Spielzeughändler, der hieß Sigismund Markus und verkaufte unter anderem auch weißrot gelackte Blechtrommeln. Oskar, von dem soeben die Rede war, war der Hauptabnehmer dieser Blechtrommeln, weil er von Beruf Blechtrommler war und ohne Blechtrommel

nicht leben konnte und wollte. Deshalb eilte er auch von der brennenden Synagoge fort zur Zeughauspassage, denn dort wohnte der Hüter seiner Trommeln; aber er fand ihn in einem Zustand vor, der ihm das Verkaufen von Blechtrommeln fortan oder auf dieser Welt unmöglich machte.
Sie, dieselben Feuerwerker, denen ich, Oskar, davongelaufen zu sein glaubte, hatten schon vor mir den Markus besucht, hatten Pinsel in Farbe getaucht und ihm quer übers Schaufenster in Sütterlinschrift das Wort Judensau geschrieben, hatten dann, vielleicht aus Mißvergnügen an der eigenen Handschrift, mit ihren Stiefelabsätzen die Schaufensterscheibe zertreten, so daß sich der Titel, den sie dem Markus angehängt hatten, nur noch erraten ließ. Die Tür verachtend, hatten sie durch das aufgebrochene Fenster in den Laden gefunden und spielten nun dort auf ihre eindeutige Art mit dem Kinderspielzeug.
Ich fand sie noch beim Spiel, als ich gleichfalls durch das Schaufenster in den Laden trat. Einige hatten sich die Hosen heruntergerissen, hatten braune Würste, in denen noch halbverdaute Erbsen zu erkennen waren, auf Segelschiffe, geigende Affen und meine Trommeln gedrückt. Sie sahen alle aus wie der Musiker Meyn, trugen Meyns SA-Uniform, aber Meyn war nicht dabei; wie ja auch diese, die hier dabei waren, woanders nicht dabei waren. Einer hatte seinen Dolch gezogen. Puppen schlitzte er auf und schien jedesmal enttäuscht zu sein, wenn nur Sägespäne aus den prallen Rümpfen und Gliedern quollen.
Ich sorgte mich um meine Trommeln. Meine Trommeln gefielen denen nicht. Mein Blech hielt ihren Zorn nicht aus, mußte still halten und ins Knie brechen. Markus aber

war ihrem Zorn ausgewichen. Als sie ihn in seinem Büro sprechen wollten, klopften sie nicht etwa an, brachen die Tür auf, obgleich die nicht verschlossen war.
Hinter seinem Schreibtisch saß der Spielzeughändler. Ärmelschoner trug er wie gewöhnlich über seinem dunkelgrauen Alltagstuch. Kopfschuppen auf den Schultern verrieten seine Haarkrankheit. Einer, der Kasperlepuppen an den Fingern hatte, stieß ihn mit Kasperles Großmutter hölzern an, aber Markus war nicht mehr zu sprechen, nicht mehr zu kränken. Vor ihm auf der Schreibtischplatte stand ein Wasserglas, das auszuleeren ihm ein Durst gerade in jenem Augenblick geboten haben mußte, als die splitternd aufschreiende Schaufensterscheibe seines Ladens seinen Gaumen trocken werden ließ.
Es war einmal ein Blechtrommler, der hieß Oskar. Als man ihm den Spielzeughändler nahm und des Spielzeughändlers Laden verwüstete, ahnte er, daß sich gnomhaften Blechtrommlern, wie er einer war, Notzeiten ankündigten. So klaubte er sich beim Verlassen des Ladens eine heile und zwei weniger beschädigte Trommeln aus den Trümmern, verließ so behängt die Zeughauspassage, um auf dem Kohlenmarkt seinen Vater zu suchen, der womöglich ihn suchte. Draußen war später Novembervormittag. Neben dem Stadttheater, nahe der Straßenbahnhaltestelle standen religiöse Frauen und frierende häßliche Mädchen, die fromme Hefte austeilten, Geld in Büchsen sammelten und zwischen zwei Stangen ein Transparent zeigten, dessen Aufschrift den ersten Korintherbrief, dreizehntes Kapitel zitierte. »Glaube –Hoffnung – Liebe« konnte Oskar lesen und mit den drei Wörtchen umgehen wie ein Jon-

gleur mit Flaschen: Leichtgläubig, Hoffmannstropfen, Liebesperlen, Gutehoffnungshütte, Liebfrauenmilch, Gläubigerversammlung. Glaubst du, daß es morgen regnen wird? Ein ganzes leichtgläubiges Volk glaubte an den Weihnachtsmann. Aber der Weihnachtsmann war in Wirklichkeit der Gasmann. Ich glaube, daß es nach Nüssen riecht und nach Mandeln. Aber es roch nach Gas. Jetzt haben wir bald, glaube ich, den ersten Advent, hieß es. Und der erste, zweite bis vierte Advent wurden aufgedreht, wie man Gashähne aufdreht, damit es glaubwürdig nach Nüssen und Mandeln roch, damit alle Nußknacker getrost glauben konnten:

Er kommt! Er kommt! Wer kam denn? Das Christkindchen, der Heiland? Oder kam der himmlische Gasmann mit der Gasuhr unter dem Arm, die immer ticktick macht? Und er sagte: Ich bin der Heiland dieser Welt, ohne mich könnt ihr nicht kochen. Und er ließ mit sich reden, bot einen günstigen Tarif an, drehte die frischgeputzten Gashähnchen auf und ließ ausströmen den Heiligen Geist, damit man die Taube kochen konnte. Und verteilte Nüsse und Knackmandeln, die dann auch prompt geknackt wurden und gleichfalls strömten sie aus: Geist und Gase, so daß es den Leichtgläubigen leichtfiel, inmitten dichter und bläulicher Luft in all den Gasmännern vor den Kaufhäusern Weihnachtsmänner zu sehen und Christkindchen in allen Größen und Preislagen. Und so glaubten sie an die alleinseligmachende Gasanstalt, die mit steigenden und fallenden Gasometern Schicksal versinnbildlichte und zu Normalpreisen eine Adventszeit veranstaltete, an deren vorauszusehende Weihnacht zwar viele glaubten, deren an-

strengende Feiertage aber nur jene überlebten, für die der Vorrat an Mandeln und Nüssen nicht ausreichen wollte – obgleich alle geglaubt hatten, es sei genug da.
Aber nachdem sich der Glaube an den Weihnachtsmann als Glaube an den Gasmann herausgestellt hatte, versuchte man es, ohne auf die Reihenfolge des Korintherbriefes zu achten, mit der Liebe: Ich liebe dich, hieß es, oh, ich liebe dich. Liebst du dich auch? Liebst du mich, sag mal, liebst du mich wirklich? Ich liebe mich auch. Und aus lauter Liebe nannten sie einander Radieschen, liebten Radieschen, bissen sich, ein Radieschen biß dem anderen das Radieschen aus Liebe ab. Und erzählten sich Beispiele wunderbarer himmlischer, aber auch irdischer Liebe zwischen Radieschen und flüsterten kurz vorm Zubeißen frisch, hungrig und scharf: Radieschen, sag, liebst du mich? Ich liebe mich auch.
Aber nachdem sie sich aus Liebe die Radieschen abgebissen hatten und der Glaube an den Gasmann zur Staatsreligion erklärt worden war, blieb nach Glaube und vorweggenommener Liebe nur noch der dritte Ladenhüter des Korintherbriefes: die Hoffnung. Und während sie noch an Radieschen, Nüssen und Mandeln zu knabbern hatten, hofften sie schon, daß bald Schluß sei, damit sie neu anfangen konnten oder fortfahren, nach der Schlußmusik oder schon während der Schlußmusik hoffend, daß bald Schluß sei mit dem Schluß. Und wußten immer noch nicht, womit Schluß. Hofften nur, daß bald Schluß, schon morgen Schluß, heute hoffentlich noch nicht Schluß; denn was sollten sie anfangen mit dem plötzlichen Schluß. Und als dann Schluß war, machten sie schnell einen hoffnungs-

vollen Anfang daraus; denn hierzulande ist Schluß immer Anfang und Hoffnung in jedem, auch im endgültigsten Schluß. So steht auch geschrieben: Solange der Mensch hofft, wird er immer wieder neu anfangen mit dem hoffnungsvollen Schlußmachen.
Ich aber, ich weiß nicht. Ich weiß zum Beispiel nicht, wer sich heute unter den Bärten der Weihnachtsmänner versteckt, weiß nicht, was Knecht Ruprecht im Sack hat, weiß nicht, wie man die Gashähne zudreht und abdrosselt; denn es strömt schon wieder Advent, oder immer noch, weiß nicht, probeweise, weiß nicht, für wen geprobt wird, weiß nicht, ob ich glauben kann, daß sie hoffentlich liebevoll die Gashähne putzen, damit sie krähen, weiß nicht, an welchem Morgen, an welchem Abend, weiß nicht, ob es auf Tageszeiten ankommt; denn die Liebe kennt keine Tageszeiten, und die Hoffnung ist ohne Ende, und der Glaube kennt keine Grenzen, nur das Wissen und das Nichtwissen sind an Zeiten und Grenzen gebunden und enden meistens vorzeitig schon bei den Bärten, Rucksäcken, Knackmandeln, daß ich wiederum sagen muß: Ich weiß nicht, oh, weiß nicht, womit sie, zum Beispiel, die Därme füllen, wessen Gedärm nötig ist, damit es gefüllt werden kann, weiß nicht, womit, wenn auch die Preise für jede Füllung, fein oder grob, lesbar sind, weiß ich dennoch nicht, was im Preis miteinbegriffen, weiß nicht, aus welchen Wörterbüchern sie Namen für Füllungen klauben, weiß nicht, womit sie die Wörterbücher wie auch die Därme füllen, weiß nicht, wessen Fleisch, weiß nicht, wessen Sprache: Wörter bedeuten, Metzger verschweigen, ich schneide Scheiben ab, du schlägst die Bücher auf, ich lese, was mir schmeckt,

du weißt nicht, was dir schmeckt: Wurstscheiben und Zitate aus Därmen und Büchern – und nie werden wir erfahren, wer still werden mußte, verstummen mußte, damit Därme gefüllt, Bücher laut werden konnten, gestopft, gedrängt, ganz dicht beschrieben, ich weiß nicht, ich ahne: Es sind dieselben Metzger, die Wörterbücher und Därme mit Sprache und Wurst füllen, es gibt keinen Paulus, der Mann hieß Saulus und war ein Saulus und erzählte als Saulus den Leuten aus Korinth etwas von ungeheuer preiswerten Würsten, die er Glaube, Hoffnung und Liebe nannte, als leicht verdaulich pries, die er heute noch, in immer wechselnder Saulusgestalt, an den Mann bringt.

Mir aber nahmen sie den Spielzeughändler, wollten mit ihm das Spielzeug aus der Welt bringen.

Es war einmal ein Musiker, der hieß Meyn und konnte ganz wunderschön Trompete blasen.

Es war einmal ein Spielzeughändler, der hieß Markus und verkaufte weißrotgelackte Blechtrommeln.

Es war einmal ein Musiker, der hieß Meyn und hatte vier Katzen, deren eine Bismarck hieß.

Es war einmal ein Blechtrommler, der hieß Oskar und war auf den Spielzeughändler angewiesen.

Es war einmal ein Musiker, der hieß Meyn und erschlug seine vier Katzen mit dem Feuerhaken.

Es war einmal ein Uhrmacher, der hieß Laubschad und war Mitglied im Tierschutzverein.

Es war einmal ein Blechtrommler, der hieß Oskar, und sie nahmen ihm seinen Spielzeughändler.

Es war einmal ein Spielzeughändler, der hieß Markus und nahm mit sich alles Spielzeug aus dieser Welt.

Es war einmal ein Musiker, der hieß Meyn, und wenn er nicht gestorben ist, lebt er heute noch und bläst wieder wunderschön Trompete.

Im Tunnel

Breitscheidt gegenüber saß eine junge, mit sportlicher Eleganz gekleidete Dame. Sie las in einem Buch, dessen Schrift ihm verständlich schien. Eine Ausländerin war sie also nicht, allenfalls eine jener gebildeten Weltreisenden, die, der deutschen Sprache mächtig, seinem Wortschwall hätte folgen können, wenn er nur den Mund aufgemacht hätte. Es ist schwer, eine Lesende anzusprechen. Der Zug durchrauschte die Schweiz. Er wand sich durch die Schweiz. Bunt sah es draußen aus und einladend wie auf geschickten Plakaten der Fremdenwerbung. Die Berge türmten sich und schlitzten Schönwetterwolken auf, die Täler verengten sich, Kühe und das gleichfalls gescheckte Heimweh ausgewanderter Talbewohner weideten grünes Gras.

Die Dame las in einem soliden Buch. Eine Dünndruckausgabe, stellte Breitscheidt fest, Dünndruck, Dünndruck. Das Wort sagte ihm etwas, es paßte zu der versunkenen Mitreisenden. Sie hatte eine cremefarbene, durchbrochene Bluse an. Ihr Büstenhalter schien so gearbeitet, daß er die Brustspitzen leicht betonen durfte. Der Zug stieg, man stieg. Breitscheidt freute sich auf den Sankt Gotthardt. Er wußte, daß dieses Loch in den Süden eine Atmosphäre birgt, die die Gegenübersitzenden näher rückt und dem Wort kleine Sprungbrettchen bietet. In Göschenen ließ er sich ein Schinkenbrot und Milchkaffee durchs geöffnete Coupéfenster reichen. Nachher hatte er Mühe, die Scheibe wieder hochzuschieben. Er mußte sich die Jacke ausziehen und wieder anziehen, das war ihm peinlich. Zweispra-

chig wurde die Abfahrt des Zuges ausgerufen. Gleich darauf schluckte der Tunnel alles, was nach Airolo und weiter wollte. In seinen Ohren wurde es eng und grau, er lehnte sich zurück, und Sätze, Satzgebilde, Wortkaskaden türmten sich in ihm auf, fielen wieder zusammen, um neu und immer unaussprechlicher zu wuchern. Solch ein Tunnel ist lang und eintönig wie ein Sonntag. Es mochte am Berg liegen, an diesem durchlöcherten Leichnam, daß sich in Breitscheidt all diese gespitzten Schmeicheleien, ausgedachten Zärtlichkeiten und Vorschläge, die soweit gingen, daß ein Hotel in Rimini entstand mit Zimmer zur blauen Adria und sie, alle beide, alle beide, nachher, alle beide – als wortkarge Wut absetzten: »Was liest sie in dem Buch, dieser Dünndruckausgabe? Hat sie keine Lust mit mir? Gefall ich ihr nicht? Nur weil ich das Fenster schlecht zubekam? Wenn es klemmt, ist das meine Schuld?«
Die Dame gegenüber schloß ihr Buch, lenkte den Buchstabenblick zum Fenster, meinte die Natur und sagte: »Sind wir jetzt im Tunnel?«
Breitscheidt ließ ein »Ja« laut werden, zu laut werden. Sie, mit übereinandergeschlagenen graukarierten Schenkeln: »Dauert es noch lange?«
»Nicht mehr«, wußte Breitscheidt zu berichten und fügte noch hinzu: »Dauert nicht mehr lange, Fräulein.« Gleich darauf lachte er geräumig und übermäßig, dann schleppend, und schließlich lachte nur noch der Zug oder der Berg, oder Berg, Zug und Schiene lachten, und der Tunnel bog sich.
Nachdem nun auch Breitscheidt die Beine übereinandergeschlagen hatte, zuvor den Bügelfalten Sorge tragend, blieb

beiden nichts Besseres übrig, als dieser Tunnelheiterkeit Zuhörer zu liefern. Nur mit Gewalt konnte sich Breitscheidt das Sätzchen abkaufen: »Passen Sie auf, Fräulein, wenn wir draußen sind, scheint die Sonne.« Gleichzeitig mit dieser Prophetie beugte er sich, die Hosenbeine voneinander reißend, bedenklich weit vor, um beladen mit einem ehrlichen Lob auf durchbrochene Bluse, Dünndruckausgabe, Adria usw. dem letzten Tunnelstück noch einen Sinn zu geben – da wurde es hell, zu hell, kein Humor mehr, nur noch das milchige Fenster – und Regen.
Sehr weit saßen Breitscheidt und die sportlich Gekleidete nun auseinander. Einer Zigarette in ihren Sekretärinnenfingern kam er zu spät. Sie gab sich selbst Feuer und schlug die Dünndruckausgabe auf. Breitscheidt überlegte sich müde, ob er ihr den Leichtmetall-Aschenbecher aufklappen müsse. Er tat es nicht. In die Jackentasche griff er, fand seine bewährte Blechdose, streute sich in die hohle Hand und gab dem Mund, bis ihn Traurigkeit mit Pfefferminzgeschmack überkam.

Ich stehe gerne auf einer Rolltreppe

Soeben brachte ich Maria zum Eilzug nach Bremerhaven. Ich durfte nicht auf dem Bahnsteig stehenbleiben und Zeuge ihrer Abfahrt sein. Weder Maria noch ich haben es gerne, einander zurückzulassen und zu Opfern einer fast immer pünktlichen Eisenbahn zu machen.
Wir umarmten uns ruhig und lösten uns, als wäre es nur bis morgen. Jetzt durchquere ich die Halle, stoße an, entschuldige mich, zu spät, locke, ohne das Päckchen aus der Tasche zu nehmen, eine Zigarette hervor und muß mir Streichhölzer kaufen.
Dann muß ich warten. Nur langsam saugt die Rolltreppe die herbstlich gekleideten Passanten auf. Jetzt mache auch ich den Schritt, stehe auch ich in der Reihe, zwischen zwei feuchtigkeitsatmenden Gummimänteln. Ich stehe gerne auf einer Rolltreppe. Ganz darf ich mich der Zigarette hingeben und, ähnlich dem Rauch, aufsteigen. Die Maschinerie erfüllt mich mit Vertrauen. Weder über noch unter mir meldet sich Verlangen nach einem Gespräch an. Die Treppe spricht. Gut reihen sich die Gedanken: Maria wird jetzt den Stadtrand erreicht haben, der Zug wird pünktlich in Bremerhaven eintreffen. Hoffentlich hat sie keine Schwierigkeiten. Schulte-Vogelsang meint, wir könnten uns ganz auf seine Arbeit verlassen. Und auch drüben würde alles glattgehen. Vielleicht hätten wir es doch besser über die Schweiz versucht? Man hat mir bestätigt, daß Vogelsang verläßlich ist. Er soll schon für viele gearbeitet haben, und immer sei es gutgegangen. Warum sollte Maria, zumal

sie wirklich nur kurze Zeit bei uns beschäftigt war, Pech haben?
Die Frau vor mir reibt sich die Augen. Sie schluchzt durch die Nase.
Ich werfe einen Blick zurück. Unter mir reihen sich Hüte. Auch die Traube am Treppenansatz bildet sich nur aus Kopfbedeckungen. Es tut mir gut, nicht mehr den Einzelheiten menschlicher Gesichtszeichnung ausgesetzt zu sein. Deshalb will mein Blick auch die Auffahrtsrichtung vermeiden. Nun drehe ich mich doch. Ich sollte das nicht tun. Oben, wo sich die hartgummibelegte Treppe selbst verschluckt, wo es Nacken um Nacken, Hut um Hut wegstreicht, stehen zwei Herren. Es gibt keinen Zweifel, ihre ernsten Augen sind für mich aufgespart. Es kommt mir weder der Gedanke, mich wieder zu drehen, geschweige denn der, gegen die strebende Treppe, gegen die Hüte unter mir meinen Weg zu nehmen. Dieses lächerliche Geborgensein, dieses verführerische Gefühl, solange du auf der Treppe lebst, lebst du, solange jemand vor dir, jemand hinter dir atmet, kann sich niemand dazwischendrängen.
Der Stufenabsatz verringert sich; ich trete etwas zurück, um mit den Fußspitzen nicht unter die vorstehenden Hartgummikanten zu geraten. Fast freue ich mich noch, daß mir der Abgang von der Treppe so sicher gelingt.
Die Herren nennen meinen Namen, weisen sich aus und verraten mir lächelnd, daß Marias Eilzug pünktlich in Bremerhaven eintreffen wird und daß auch dort einige Herren warten werden, doch ganz gewiß nicht, um ihr Blumen zu reichen. Wie effektvoll, daß meine Zigarette gerade jetzt aufgeraucht ist. Ich folge den Herren.

Susanne

Nicht hinter Büschen, hinter der Zeitung El Sol sitze ich, ohne zu lesen, aber den amerikanischen Blättern war zu entnehmen, daß die Studenten nicht mehr streiken, daß der Direktor zurückgetreten ist, daß Ruhe herrscht, Ruhe. Ich muß nicht lesen, kann über den Rand des Blattes in den windstillen, von Hecken und Mäuerchen begrenzten Hotelgarten hineinwünschen – denken, muß nicht rückwärts fischen, denn da, da sitzt sie wie ich auf dem Korbsessel, doch sie nur knapp auf dem Rand, als ekle sie sich zurückzulehnen, während ich das grobe Muster spüre und die Beine strecke. Sie sitzt über die Oberschenkel gebeugt mit seitwärts baumelnden Armen, die zu lang sind, wie ja auch ihre aus dem Rasen wachsenden Beine in den weißen Strümpfen dieser Saison, madenbleich bis in die Kniebeuge, erschreckend lang sind. Und lang auch das weiß-gelbe Haar. Wellenlos hängt es und verdeckt das Profil bis auf den kindlich geschwungenen Nasensattel und den modischen Schmollmund. Sie rührt sich nicht unter tropischen, mir unbekannten Bäumen, die lila Blüten auf den Rasen werfen. Halbschatten. Fern, hinter Büschen, ein Kellner. Und in der Loggia unterm Hoteldach lärmen in bunten Käfigen mehrere Papageien. Wahrscheinlich sind es Papageien, die plötzlich schweigen, denn sie angelt, ohne die Haltung zu ändern, in ihrer Basttasche, findet die Streichhölzer und läßt sie alle, Hölzchen auf Hölzchen, zünden. Nicht hastig, aber doch ohne Pause. Ganz läßt sie jedes verglühen, indem sie jeweils rechts hält,

links zwei Finger anfeuchtet, um den schon schwarzen, aber immer noch heißen Kopfteil zu fassen. Jetzt stellt sie das Hölzchen senkrecht und läßt es zu Ende brennen, bis es sich krümmt. Jetzt flammt das nächste. Jetzt feuchtet ihr Speichel zwei linke Finger. Jetzt krümmt es sich, jetzt ... Neunundsechzigmal. Ich habe gezählt. Und jedesmal anders. Jetzt sitzt sie wieder starr oder erschöpft mit Hängearmen. Jetzt kommt der Ober mit dem bräunlichen, wahrscheinlich Coca-Getränk, aus dem sie mit den zwei Fingern der linken Hand Eisstücke fischt. Jetzt wischt sie die Eiswürfel vom gelackten Tischblech in ein Blumenbeet. Jetzt trinkt sie wenig. Jetzt steht sie mit den Oberschenkeln zuerst auf und geht, ohne sich umzublikken, in ihrem hemdähnlichen Leinenkleid quer durch den Hotelgarten, während von allen Seiten alte Männer aus dem Gebüsch und über das Mäuerchen springen. Rings um den leeren Korbstuhl balge ich mich mit den Greisen um krummgebrannte Hölzchen. Wir schimpfen dabei und strengen uns an. Sechs heile und wenig Bruch kann ich erobern, in mein Hotelzimmer retten und auf der marmorgedeckten Kommode zu Pulver stoßen. –
Aber es half nur bis Sonnenuntergang.

Bikini Atoll

Am 12. Juni 1946 verließ der Bauer Matthias Törne seinen Hof, ein breitgelagertes Anwesen, das, obgleich es abseits liegt, dem Dorf Lötsch, einem Flecken zwischen Breyel und der holländischen Grenze bei Venlo, zugerechnet wird.

Törne baute viel Spargel an. Noch am Vormittag hatten seine Leute Spargel gestochen und sortiert.

Vom Geräteschuppen aus ging er etwa zweihundert Schritt weit quer durch ein sorgfältig geeinzeltes Rübenfeld, blieb unvermittelt im Feld stehen, zog einen Kompaß aus der linken Joppentasche, zog rechts die Taschenuhr, drehte sich mit Hilfe des Kompasses in südöstliche Richtung, korrigierte mehrmals seine Stellung, blickte auf die Uhr, folgte zuerst dem Minutenzeiger, dann dem Sekundenzeiger, löste den Blick von der Uhr und schaute über das flache, von Hecken, Pappeln, Einzelgehöften, Dörfern, ausgebrannten Panzern und Telegrafenstangen gezeichnete Land bis zum Horizont, dann über den Horizont hinweg in den einfarbigen Himmel.

Als sich in südöstlicher Richtung nicht zeigen wollte, was die Radiomeldung versprochen und eine pilzförmige Wolkenwucherung genannt hatte, ließ Matthias Törne den Kompaß und die Uhr in beide Joppentaschen gleiten, machte kehrt, ging querfeldein durch die Rüben, bückte sich im Gehen zweimal nach Unkraut und drehte sich auch vor dem Hoftor nicht mehr um.

Der Slawist

Hans-Peter, der einzige hochgeschossene herumstehende knapp fünfzehnjährige Sohn des Hauses, hatte sich vom Empfang, den sein Vater, der Delegationschef, zu geben berufen war, entfernt, indem er das Haus, diesen einsamen weißlichen Kasten, nahe der damals noch nicht eingeebneten Ruine des Lehrter Bahnhofs verließ und eine Flasche Limonade, in der schon der Strohhalm steckte, an den herumstehenden Chauffeuren vorbei über die Moltkebrücke in den nächtlichen Tiergarten trug. Hans-Peter, den die geladenen Gäste, diese sicher stehenden, immer wieder und mitten im Satz den Partner tauschenden Erwachsenen aus dem Haus getrieben hatten, schritt mit seiner Limonadenflasche Fuß vor Fuß in den damals kaum brusthoch nachgewachsenen, an den Rändern immer noch versteppten Tiergarten hinein und war bald nicht mehr dem Weinen nahe. Entfernt dem Delegationsgebäude, aber nahe genug, um den erleuchteten Kasten im Blick haben zu können, setzte sich Hans-Peter auf eine der kürzlich aufgestellten Tiergartenbänke und begann sparsam am Strohhalm zu ziehen. Hans-Peter fürchtete sich nicht oder nicht genug, als sich, wie aus den Büschen heraus, ein Mann im Mantel zu ihm auf die Parkbank setzte und »Schöner Abend, nicht wahr?« sagte. Als der Mann im Mantel, der sich Heinz nannte, ihn nach seinem Vornamen gefragt, ihn sogleich Hans-Peter genannt und um einen Schluck »von dem Saft« gebeten hatte, reichte ihm Hans-Peter die noch halbvolle Flasche mit dem Strohhalm, drehte aber, nachdem ihm die Flasche zurückgegeben worden war, den Strohhalm um und hoffte, der Mann im Mantel, Heinz, möge im Dunkeln diese Geste nicht bemerkt haben. Bevor Hans-Peter sich erhob und »Jetzt muß ich aber gehen!« sagte, bevor er im Aufstehen die leere Limonadenflasche unter die Bank stellte, den zweiseitig benutzten Strohhahn jedoch, auf Wunsch, Heinz schenkte, bevor er also ein wenig erwachsener zum weißlichen Kasten seines Vaters und zum Empfang des Delegationschefs zurückkehrte, hatte Heinz im Mantel Hans-Peter gefragt: »Was willst du denn später mal werden?« Und Hans-Peter hatte, bevor er den Strohhalm verschenkte, gesagt: »Ich werde Slawistik studieren.«

Als Vater wieder heiraten wollte

Als Vater wieder heiraten wollte, sagten wir nein. Nicht wegen Mama, nur so. Schließlich hat Gitta zwei Jahre lang für ihn und natürlich auch für mich, ihren Bruder Peter, gekocht. Eine für ein damals vierzehnjähriges Mädchen ziemliche Leistung. Dabei haben wir Vater gleich nach dem Trauerjahr alle Freiheit gelassen, nicht nur außerhalb, auch zu Hause. Er konnte mitbringen, wen er wollte. Was ich anfangs nicht verstehen wollte: Gitta hat ihm und seinen Liebschaften am Morgen drauf sogar das Frühstück ans Bett serviert, ziemlich früh allerdings, so um sieben, denn sie mußte ja in die Schule. Wenn ich zu Gitta sagte: »Du übertreibst«, gab sie zurück: »Die sollen ruhig sehen, wer hier den Haushalt schmeißt.« Aber sonst habe ich mich die ganze Zeit über möglichst rausgehalten, zumal die Damen allesamt, das Fräulein Peltzer, Fräulein Wischnewski oder gar Frau von Wollzogen, nicht mein Fall gewesen sind. Er hatte einen unmöglichen Geschmack. Und Gitta, die mehr mitbekommen hat, lachte sich in der Küche schief, sobald sie oben das Frühstück serviert hatte. Als Vater zum erstenmal Inge ins Haus brachte, dachte ich: Na also, mal was anderes. Erstens war sie jünger – um genau zu sein, drei Jahre und zwei Monate jünger als ich –, zweitens hat sie mich und selbst Gitta nicht geduzt, und drittens hat sie mir gleich gefallen, nicht nur äußerlich. Eigentlich war die erste Zeit die schönste. Manchmal half sie mir in Latein, aber niemals von oben herab, mehr gleichberechtigt. Inge blieb nie bis zum Morgen. Und Gitta mußte kein Frühstück servieren. Vater war so verknallt, daß er wahrscheinlich nichts bemerkt hat, wenn ich mir eine lange Nacht leistete. Gitta war anderer Meinung. Sie roch den Braten früher und sagte: »Hör auf mit dem Gammeln. Wenn du in Schwierigkeiten kommst, nutzt Vater das aus und stellt uns vor Tatsachen.« Ich spitzte also: und richtig. Inge begann, die Küche zu besetzen, erstens, weil Gitta angeblich mit dem Schulkram genug zu tun hatte, zweitens, weil sie wirklich vom Kochen eine Menge verstand, und drittens, weil das ihr Plan war. Zwar blieb sie immer noch nicht über Nacht, aber das machte uns eher mißtrauisch: Sie wollte bei uns Eindruck schinden. Hat sie auch zugegeben, als ich ihr kurzentschlossen in Bockenheim auf die Bude rückte. Zuerst wollte sie die Erwachsene spielen: »Das möchte ich nicht gehört haben, Peter.« Dann, nach der üblichen Knutscherei, fing sie mit ihrer Wirtin an: »Und wenn ich gekündigt werde?« Ich blieb fest: »Dann ziehst du einfach zu uns.« Inge wurde nicht gekündigt. Ich besorgte es ihr zwei, dreimal pro Woche in Bockenheim – ziemlich glaubwürdig, wenn die Wirtin fragte, als ihr Nachhilfeschüler –, und Vater blieb ahnungslos. Als er vor zirka vier Wochen nicht ohne kindliche Verlegenheit etwas von »Ingeheiraten« stotterte, sagten wir: Nein. Gitta kocht jetzt besser. Inge studiert ab nächstes Semester in Gießen. Ich habe ihr versprechen müssen, sie zu besuchen, übers Wochenende und so.

Mein Max

Entweder Museum oder Bibliothek. Und kriecht dann doch ins kalte Hotelzimmer, nicht um den Brief zu öffnen – den schiebt er mit langen Fingern –, um gleich, noch im Mantel, ins Tagebuch: Man will einen im Wald nach dem Weg fragen, der hat blutige Hände, denn er hat eben gemordet ... – Und freut sich an dem unumstößlichen Satz, der nach mehr schmeckt. Liest also bei sich nach, indem er bei sich zurückblättert: Den Schmerz wie einen Mantel um sich schlagen ... – Hat nun genug von sich und legt den nassen Paletot ab. Doch nicht, um den Brief auf dem Tisch, um auf der Bettkante, Hegel vom Bücherbord, weil dessen Schuldbegriff, schreibt er bei sich: ganz der meinige ... – Dann, ohne Brieföffner, reißt er ihn auf. Und die Augen schon beim Entfalten: Mein Max Söhnchen tot. Hatte das Stimmchen aus Hamburg im Zimmer. Auch gerne Wein auch gerne Wein ... Nun ausgelöffelt der Blick. Mein Max. Nicht mal Bluttupfen oder zitierbarer Traum, denn auf Papier steht, daß er daß er nie mehr nach Brot Milch Nüssen und mit dem Stimmchen klingelt: Ich will auch gerne Wein ... Und kann ihn nicht niedlich sein lassen im Tode, sondern setzt Würmer an, möchte selbst Wurm werden, sein und scheußlichen Anteil nehmen: Mein Max mein Max ...
Sie hat ihm ein gelbes und wie lebendiges Löckchen zwischen den Brief gelegt. Das wiegt er in grober Hand und frißt es in sich hinein, würgt – möchte Wurm sein –, hofft schon, er habe es bei sich, Mein Max, dürfe behalten, da

zwingt ihn das Haar, sich über Tisch, Brief und Hegel lang zu erbrechen, nicht über sein Buch. Denn nachdem ihn die immer noch gelben Haare in seinem Erbrochenen eine Zeitlang entsetzen können, schreibt er bei sich: Nie kann ein Frosch erröten ... –

Persennick & Ploetz

Heute machen sie Gütermanns Nähseide den Markt streitig; aber begonnen hat es mit einem Bindfaden von jener Qualität und Stärke, wie ihn Knaben früher oft, doch heute immer seltener beim Drachensteigen benutzen. Persennick, von Kind an allein, ein Einzelkind, auch in der Schulbank, auf dem Pausenhof, immer Nähe suchend und Distanz verbreitend, Persennick, dem beim Arbeitsdienst und später beim Militär nur Einzelposten, sei es als Verwalter der Gerätekammer oder – wie später an der Mius-Front – als vorgeschobener Artilleriebeobachter, zugewiesen wurden, er, dem selbst während halbjähriger amerikanischer Kriegsgefangenschaft das Massenlager bei Regensburg nicht gegönnt werden sollte, nein, man löste ihn aus der drangvollen Gemeinschaft und bot ihm auf dem Flugplatz Fürstenfeldbruck einen isolierten und dennoch der Sonderrationen wegen begehrten Druckposten – Persennick mußte mit einem nagelbewehrten Stock Papier vom Rasen spießen –, Arno Persennick, den kein kleiner Finger zuerst ins Verlöbnis, dann in die Ehe zu locken vermochte, dem die Berufswahl – er war Filmvorführer in einem Vorstadtkino – die Einsamkeit zur Gefährtin diktiert hatte, denn wie vom Publikum blieb er auch von den Platzanweiserinnen getrennt, er, eigentlich ein geselliger, mitteilsamer und aufnahmebereiter Mitmensch, wollte mußte verlangte suchte, ja, schrie nach einem Freund und kaufte sich also den Bindfaden.

Nein. Nicht dafür war die Schnur zwölf Meter lang beschaffen. Im Theodor-Heuss-Park spannte er sie von einem Baum, Ahorn, über einen selten begangenen Spazierweg, hielt das ihm gehörende Ende – er im Gebüsch – in Huthöhe und lüftete, etwa zwölf Minuten nachdem er seine Vorbereitungen abgeschlossen hatte – nur zwei Kinder unterliefen während dieser Zeitspanne im Spiel seine Schnur –, den Borsalino des kaufmännischen Angestellten Hermann Ploetz. Persennick gab sein Schnurende frei, nahm den Hut auf, reinigte ihn mit vorsorglich mitgeführter Bürste und gab ihn mit Worten an Ploetz zurück. Beide wurden Freunde. Erfolgreiche Freunde. Denn Persennick & Ploetz haben Gütermanns Nähseide vom Markt gedrängt. Sie bauen Filialen und hören nicht auf zu investieren.

Einer unserer Mitbürger: Prinz Karneval

In einer niederrheinischen Kleinstadt, nicht in Grevenbroich und nicht in Kaiserswerth, in meiner aus Gründen ungenannten Vaterstadt hatte der gewählte Prinz Karneval, ein nicht unvermögender Radiohändler, gegen Ende der fünfziger Jahre Pech von jener Art, wie es vielen von uns bislang erspart geblieben ist. Die Zeitungen – und nicht nur die lokalen Blätter – hatten über Wochen dankbaren Stoff, fleißig wurde, wie üblich, das eigene Nest beschmutzt; und nur der Humor, der wunderbarerweise immer wieder nachwachsende Humor unserer rheinischen Mitbürger gewährleistete einen reibungslosen Ablauf der sich immerhin vom elften November bis zum Aschermittwoch erstreckenden Karnevalszeit.

Bei der Wahl des Prinzen und der von ihm erkürten Prinzessin, Fräulein Horten – jüngste Tochter des Bauunternehmers Josef Horten –, war es noch lustig zugegangen, zumal der kandidierende Herr Boitz und der stolze Vater Horten sich die Sitzung nicht wenig hatten kosten lassen, auch, weil die ortsansässige Großbrauerei geneigt war, die Wahl kräftig zu unterstützen. Herr Boitz gehörte der Vereinigung der »Hoppeditz-Brüder« an, einer kleinen, erst nach dem Kriege gegründeten, doch äußerst rührigen Gesellschaft, deren Votum der Radiohändler gewiß sein konnte. Den Ausschlag jedoch hatten die Blau-Weißen gegeben. Doch wenn Herr Boitz auch dank der Stimmen dieses gewichtigen Traditionsverbandes gewählt worden ist, darf man trotzdem und leider annehmen, daß in den Reihen dieser Vereinigung die Denunzianten zu suchen sind.

Ein zwar ungeschriebenes, aber seit Beginn des neunzehnten Jahrhunderts herrschendes, groteskerweise aus der französischen Besatzungszeit herrührendes Gesetz überträgt in unserer Stadt dem jeweiligen Bürgermeister das Recht, den frischgewählten Prinzen – oder wie wir scherzhaft sagen: »Seine Tollität« – mit den Zeichen der Würde und des Amtes, also mit Narrenpritsche und Schellenkappe zu versehen. Als Herr Boitz, am Arm Fräulein Horten, geleitet von der Prinzengarde und einem Dutzend ausgelassener Funken-Mädchen sowie seinem noch amtierenden Vorgänger, dem Feinkosthändler Raffrath, die geschweifte Treppe unseres hübschen und kunsthistorisch nicht uninteressanten Rathauses emporstiegen, herrschte noch beschwingte Freude, die allzubald in Bestürzung umschlagen sollte.

Man hat es unserem damaligen Bürgermeister, Herrn Dr. Werth – einem übrigens parteilosen Mann –, nicht verzeihen wollen, daß er sich strikt geweigert hat, Herrn Boitz und sein Gefolge zu empfangen und den gewählten Prinzen mit der Prinzessin seiner Wahl im Amt zu bestätigen. Andere verübelten ihm – wohl nicht ganz zu Unrecht –, daß er es bis zur Affäre in aller Öffentlichkeit hat kommen lassen; denn immerhin wäre es Dr. Werth möglich gewesen, auf stillem Wege den betroffenen Prinzen zum Rücktritt zu bewegen. Wenn Dr. Werth – ein, wie jeder zugeben wird, verdienstvoller Kommunalpolitiker – Anfang der sechziger Jahre nicht wiedergewählt worden ist, ja, den Sozialdemokraten, unter ihrem Herrn Bergsträtter, der Einzug ins Rathaus gelingen konnte, mag die sogenannte »Prinzenaffäre« zu einem nicht unerheblichen Teil diese bedauerliche Verkehrung unserer gesellschaftlichen Verhältnisse mitbewirkt haben. Dennoch konnte sich Dr. Werth, meiner unmaßgeblichen Meinung nach, nicht anders verhalten. Oft genug und noch jüngst hat er im privaten Kreis seine damalige Zwangslage bedauert. Er wurde nicht müde, bis ins Detail nachzuweisen, daß er nur so und nicht in unserem Sinne hat handeln können.

Es bereitet mir keine Freude, nun sagen zu müssen, daß Herr Boitz aus politischen Gründen nicht hat Prinz Karneval werden dürfen. Was überhaupt, haben wir uns damals gefragt, hat Politik mit dem Karneval zu tun? Zwar war der mittleren und älteren Generation in unserem Städtchen bekannt, daß Herr Boitz sich während der unglückseligen Zeit allgemeiner Verwirrung hatte überreden lassen, den hiesigen SA-Sturm zu führen, doch wollte niemand, als Herr Boitz seine Kandidatur für die Prinzenwahl bekanntgab, daran Anstoß nehmen, zumal ihn, bald nach Kriegsende, die alliierte Entnazifizierungsbehörde als »minder belastet« eingestuft hatte.

Dieses allein hätte auch nicht ausgereicht, die Amtseinsetzung des Prinzen zu verhindern, zumal sein Vorgänger, Herr Raffrath, als ehemaliger stellvertretender Ortsgruppenleiter und immerhin Mitglied seit einunddreißig, sich nicht der geringsten Schwierigkeiten anläßlich seiner Amtsübernahme erinnern konnte. Belastend allein wirkte sich aus, daß Hermann Boitz als Sturmführer im Jahre sechsunddreißig Gelder veruntreut haben soll, mit deren Hilfe einigen auserwählten und sportbegeisterten SA-

Männern, darunter Herrn Boitz' jüngerer Bruder Claus, die Reise zur Olympiade sowie ein vierzehntägiger Aufenthalt in Berlin ermöglicht wurde.

Daß Herrn Boitz' Name auch im Zusammenhang mit der Ermordung eines kommunistischen Textilarbeiters im Jahre vierunddreißig genannt worden war – die Untat, ich erinnere mich, fand statt auf den Rheinwiesen oberhalb Benrath –, halte ich für eine üble Verleumdung, die auch von allen Mitgliedern der Karnevalsvorstände, mit Ausnahme des Herrn Raffrath, der dem Vorstand der Blau-Weißen präsidiert, zurückgewiesen worden ist. Gleichfalls hat Dr. Werth gut daran getan, als er sich von den genannten Anwürfen aufs entschiedenste distanzierte; für ihn, den Kommunalpolitiker, waren einzig und allein die Unstimmigkeiten in der SA-Sturm-Kasse ausschlaggebend gewesen.

Man muß es Herrn Boitz hoch anrechnen, daß er, ohne viele Worte zu verlieren, sein Amt sogleich zur Verfügung gestellt hat. Schon eine Woche später ging aus neuer Wahl mein Schulkamerad und Freund in schlechten wie guten Zeiten, der Besitzer des gleichnamigen Möbelhauses Wendelin Köbe, als Prinz Karneval hervor. Das unglückselige Fräulein Horten wurde selbstverständlich vom galanten Köbe als Prinzessin übernommen, obgleich die Blau-Weißen ihm nahegelegt hatten, Raffraths Jüngste zu küren.

Abschließend bleibt mir zu sagen, daß unter Wendelin Köbes närrischer Herrschaft die restliche Karnevalszeit reibungslos und zu aller Beteiligten Zufriedenheit verlaufen ist.

Sophie

Nie wieder nehme ich dieses Kind auf ein Begräbnis mit. Es lacht und findet alles lustig. Schon vor der Abdankungskapelle, wo sich die Leidtragenden sammeln, wird es steif vom Kampf mit der Komik. Ich bemerke, wie die Kränze und Sargträger ihm zusetzen. Doch erst das offene Grab und das Schäufelchen für die dreimal Erde lassen in ihm ein Gelächter wachsen, das überläuft, nein ausbricht, sobald das allgemeine Beileidaussprechen beginnt.
Heute, als die noch junge Frau eines Familienfreundes zu Grabe getragen wurde und der Freund sich seiner offenen Verzweiflung nicht schämen wollte, verdarb ihm das Gelächter die Tränen. Auch als ich dem Kind seinen lachenden Mund mit feuchter Erde stopfte, bis er still war, konnte der Freund nicht weinen und blieb verärgert.

Polizeifunk

Es bleibt mir nur übrig zu wiederholen, was ich zu Protokoll gegeben habe: Ich bin nicht seine Geliebte gewesen. Allenfalls seine Vertraute, wenn es das gibt. Unsere sogenannten Vertraulichkeiten, nach denen ich immer wieder gefragt werde, beschränkten sich aufs Berufliche. Das soll heißen: Ich habe bei Professor de Groot mehr gelernt als etwa Fräulein Manthey, die vom Kassler Museum, genau wie ich vom Wallraff-Richartz-Museum, beurlaubt worden ist, weil wir beide unsere Lehrzeit mit einem halbjährigen Restaurationskurs in Amsterdam beschließen sollten.

Professor de Groot war eine international anerkannte Kapazität. Und alle seine Schüler, auch Fräulein Manthey, die ausgesagt hat, sie habe sich benachteiligt gefühlt, sind ihrem Lehrer zu Dank verpflichtet. Nur zweimal habe ich Professor de Groot beim Ablösen eines Malgrundes in seinem Privatstudio helfen dürfen, im übrigen haben wir alle, wie es schon Dr. Jonk bestätigt hat, gemeinsam im großen Restaurationssaal gearbeitet. Allerdings stimmt es, daß Professor de Groot von allen seinen Schülern nur mich mitgenommen hat, wenn sein Gerät ihm einen Brand in der nahegelegenen Innenstadt meldete. Nicht immer zu meiner Freude haben mich diese Ausflüge von meiner Arbeit, der ich mit Interesse nachgehe, enthoben. Meine Mitschüler können bestätigen, wie sehr mich Bevorzugungen verärgert haben; freilich böse konnte man Professor de Groot deswegen nicht sein.

Wie allgemein bekannt ist, hörte unser Lehrer, während er über seiner Arbeit saß, unausgesetzt den Polizeifunk. Von dieser seiner Absonderlichkeit hatte man mir schon in Köln erzählt. Man sagte dort: Tüchtig aber schrullig. Verkehrsunfälle, Schlägereien am Samstag, ja, selbst Einbrüche in Juwelierläden ließen Professor de Groot nie aufblicken, allenfalls entlockten sie ihm sarkastische, von uns allen belächelte Kommentare; wurde jedoch innerhalb des unablässigen Sprachsalates, an den wir uns alle gewöhnt hatten – Dr. Jonk verstand es, ihn trefflich zu parodieren –, ein Dachstuhlbrand gemeldet, konnte die diffizilste Arbeit Professor de Groot nicht abhalten. Noch sehe ich ihn in die Jackentasche greifen und beinahe jungenhaft mit dem Autoschlüssel klingeln: »Kommen Sie mit, Fräulein Schimmelpfeng?«

Während eines knappen halben Jahres habe ich vier Großbrände – zwei an der Heerengracht, einen bei den Dirnen nahe der alten Kirche und einen am Waterlooplein –, dazu annähernd zwei Dutzend mittlere Brände und Bagatellfälle gesehen, denn in Amsterdam brennt es oft. Professor de Groot schaute diesen Bränden beherrscht und gelassen, oft ein wenig enttäuscht, aber immer ähnlich wissenschaftlich interessiert zu, wie ich ihn von der Arbeit im Restaurationssaal her kannte. Mich – das sei zugegeben und, wenn gewünscht, auch im Protokoll vermerkt – haben diese Brände, oft wider meinen Willen, in Unruhe, ja, in Erregung versetzt, so daß mir oftmals der unbegründete Verdacht gekommen ist, Professor de Groot betreibe dieses Spiel mit mir zu einem bestimmten Zweck. Mit Nachdruck weise ich hin: davon kann keine Rede sein. Ich, ausschließlich ich, habe versagt. Unreif und widerstandslos habe ich jede wissenschaftliche Disziplin vermissen lassen. Dabei hätte mir Professor de Groot in seiner beinahe heiteren Beherrschtheit ein Beispiel sein können: Zumeist schwieg er, während die Brände bekämpft wurden. Und wenn er sprach, war immer von seinem Lieblingsmaler Turner, speziell von den um 1835 gemalten Feuersbrünsten, vom Brand des Parlamentes oder vom Brand Roms die Rede; von jenem Bild also, das Turner, inspiriert vom Parlamentsbrand, den er als Augenzeuge erlebte, gemalt hat. Deshalb, und nur deshalb war es mir selbstverständlich, ja zu sagen, als Professor de Groot im Mai des vergangenen Jahres die Freundlichkeit hatte, mich zu einer dreitägigen Exkursion nach London einzuladen. Von früh bis spät haben wir uns in der Tate Gallery aufgehalten. In Turners berühmtem Skizzenbuch fanden wir den schon erwähnten Parlamentsbrand mehrmals spontan und für alle Zeit festgehalten. Wenn ich jetzt sage, mein Lehrer, Herr Professor de Groot, sei mir in dieser kurzen und wohl für beide glücklichen Zeit menschlich nähergekommen, kann ich nur hoffen, daß mit dieser Aussage nicht jener Verdacht neue Nahrung erhält, den aufrechtzuerhalten das Hohe Gericht immer noch gewillt ist.

Ich habe nicht gewußt, daß Professor de Groot auch zu Hause Polizeifunk gehört hat. Er hat überhaupt selten und in London nie von zu Hause gesprochen. Zweimal, im Juni und Anfangjuli des vergangenen Jahres, war ich, auf Wunsch seiner Frau, jeweils an Sonntagen bei ihm zum Abendessen geladen. Zwar machte Frau de Groot auf mich einen scheuen, sogar verstörten Eindruck – sie erschien mir müde und abgespannt –, doch wäre ich nie auf die Idee gekommen, daß der Polizeifunk, jene uns Schülern schon zur Gewohnheit gewordene Schrulle, ihre Gesundheit untergraben hatte; denn Professor de Groot hat ja wohl – wie ich glauben muß – die Nacht über, und während er schlief, seine Frau jedoch wenig Schlaf fand, das Gerät bei voller Lautstärke laufen lassen. Auch hieß es – wie ich erst jetzt erfahren habe –, daß ihn Brandmeldungen und ausschließlich Brandmeldungen sofort geweckt hätten, und weiter, daß er seine Frau, oft gegen ihren Willen, gezwungen habe, sich anzukleiden und ihn zur Brandstätte zu begleiten. So sehr ich diese Rücksichtslosigkeit verurteilen muß, so betont muß ich darauf hinweisen, daß nur berufliche, also wissenschaftliche Interessen – in der Hauptsache die schon erwähnten Turner-Studien – Professor de Groot dieses ungewöhnliche Verhalten nahegelegt haben.

Heute, da ich weiß, wie mein Lehrer, Professor Henk de Groot, in seinem eigenen Haus hat verbrennen müssen, da ich annehmen muß, er habe die Brandmeldung seines Hauses noch im Gerät vernommen, da ich mir immer wieder vorstelle, wie er versucht haben mag, aus dem hochgelegenen Schlafzimmer in dem engen Giebelhaus, das wie die meisten Altstadthäuser von unten nach oben abbrannte, sich und seine Manuskripte zu retten, heute, da ich Frau Professor de Groot, die der vorsätzlichen Brandstiftung mit Mordabsicht angeklagt ist, nicht entlasten kann – denn ich erinnere mich ihrer beim Abendessen mehrmals und völlig zusammenhanglos gefallenen Bemerkung: »Du wirst dir noch mal die Finger verbrennen . . .« –, jetzt und fortan mache ich mir Vorwürfe, daß ich nicht versucht habe, auf meinen Lehrer mäßigend einzuwirken, zumal ich seines Vertrauens gewiß sein konnte, wenn ich auch nie, wie behauptet wird, seine Geliebte gewesen bin; auch in London nicht, während der knapp dreitägigen Turner-Exkursion.

Zudem besagt mein Alibi eindeutig, daß ich während der Brandnacht mit meiner Kollegin, Fräulein Manthey, ein Kino, die Spätvorstellung, besucht habe.

Langsamer Walzer

Wenn ich mich entschließe, den Lesern der Morgenpost aus eigener Ansicht und gestützt auf Erfahrungen, die zu sammeln mir nicht erspart worden sind, weniger über den sogenannten Tanzschule-Prozeß und mehr über die Rolle zu berichten, die ich innerhalb dieser Affäre zu spielen gezwungen wurde, bitte ich mir zu glauben, daß mir jegliche Sensationsmache fernliegt; vielmehr ist es mein Wille – wie vor Gericht –, den Tatsachen und nur den Tatsachen Rechnung zu tragen. Zu meiner Person sei erklärend gesagt: Ich bin Junggeselle, Mittdreißiger, kaufmännischer Angestellter, liebe das Reisen und die Geselligkeit. Für dieses, mein – wie man zugeben wird – natürliches Bedürfnis, die Begegnung mit Menschen, das Gespräch zu suchen, habe ich teuer bezahlen müssen.

Anfang vergangenen Jahres fielen mir, von der Halenseebrücke kommend, zum erstenmal die erleuchteten Fenster der Tanzschule Lagodny auf. Ich war nicht der einzige, der stehenblieb und den monotonen Bewegungen der Tanzschüler zuschaute. Junge Paare, selbst mit Einkaufstaschen behängte Hausfrauen nahmen sich Zeit. Oft kommentierten die Zuschauer mit Gelächter oder gar Gekicher die, weil ohne hörbare Musik, komisch wirkende Zeremonie. Nein, keine Ballettratten im schwarzen Trikot, sogenannte Gesellschaftstänzer machten sich hinter den Großfenstern der Tanzschule Lagodny mit den mehr oder minder komplizierten Schritten des Tangos, des langsamen wie des Wiener Walzers, mit dem Foxtrott und mit modernen Tänzen wie Rumba, Rock 'n' Roll und – auf Wunsch einiger jüngerer Paare – mit den verschiedensten Arten und Abarten des Modetanzes Twist bekannt, sogar mit dem reichlich albernen Letkiss.

Ich muß zugeben, daß mich, den Zuschauer auf der Straße, die gleichmäßigen Bewegungen, ich möchte sagen, die Einmütigkeit und die Selbstvergessenheit der Tanzschüler mehr und mehr mit dem Wunsch erfüllt haben, dabeisein zu dürfen. Das war ja wohl auch der werbende, etwas aufdringlich werbende Sinn jener breiten, durch keine Vorhänge geschützten Fensterfront vor der Tanzschule Lagodny. (Heute frage ich mich, ob dererlei Exhibitionismus als Werbemethode erlaubt sein dürfte; doch damals hatte ich keine Bedenken.)

Nachdem ich drei-, viermal von außen und unverbindlich zugeschaut hatte, sprach ich vor, bat um ein Anmeldeformular, vergewisserte mich des geschäftlich durchaus korrekten Gebarens – sogar eine Versicherung gegen Unfälle während des Tanzunterrichtes war vorgesehen – und belegte einen Kurs für Fortgeschrittene, denn die Anfangsgründe des klassischen Gesellschaftstanzes waren mir noch vertraut.

Frau Lagodny machte es allen Anfängern und also auch mir leicht, die ersten Hemmungen zu überwinden; zwangloses Vorstellen dem lockeren Halbkreis der Tanzschüler gegenüber, ohne das obligate Händeschütteln; Fräulein Zwoidrack wurde mir als Partnerin mit einigen scherzhaften Worten besonders empfohlen; zudem half eine Hausbar, an der erfrischende aber alkoholfreie Getränke serviert wurden, erste Kontakte anzuknüpfen.

Außer mit Fräulein Zwoidrack kam ich mit Fräulein Rudorff und ihrem Partner, Herrn Wörlein, ins Gespräch. Dort an der Bar, während kurzer Tanzpausen, und nur an der Bar – denn niemals haben wir uns privat getroffen – wurde wie üblich, und wenn ich zurückblicke, zumeist belanglos geplaudert. Ferienpläne wurden erörtert. Durchaus glaubwürdig wußte Fräulein Rudorff von ihrer Irlandreise zu erzählen. Wie harmlos und erfrischend unkonventionell klang der Bericht, den uns allen Fräulein Zwoidrack von ihren Skifreuden mit Hindernissen während des Winterurlaubs in Hahnenklee zu geben verstand. Anekdoten und liebenswürdige Albernheiten ließen sich aufzählen; aber jene Weisungen, von denen noch zu sprechen sein wird, wurden mir zu keiner Zeit an der Bar übermittelt. Und auch Frau Lagodny, die gelegentlich und mehr im Vorbeigehen mit uns an der Bar Worte wechselte, blieb – das möchte ich betonen – jederzeit freundlich distanziert.

Sooft ich alle und auch die banalsten Situationen wie mein Gedächtnis geprüft habe, Weisungen sind mir nur einmal erteilt worden: am Vorabend vom 12. zum 13. März, und zwar während einer längeren, mehrmals unterbrochenen Schrittübung für den Langsamen Walzer, der auch Englischer Walzer genannt wird. Die Übung sah vor, daß wir jeweils auf ein Zeichen von Frau Lagodny den Partner oder die Partnerin zu wechseln hatten. Während der nicht unschwierigen Übung – der Langsame Walzer erreicht nahezu den Schwierigkeitsgrad des klassischen Tango – habe ich alle Weisungen direkt von Fräulein Rudorff erhalten. So konnte ich allenfalls vermuten, daß Herr Wörlein, der jeweils zuvor mit Fräulein Rudorff den Schrittübungen nachgekommen war, die Quelle der Weisungen sein müßte. Von Frau Lagodnys Seite sind mir nur Äußerungen erinnerlich, die unmittelbar mit dem Übungstanz – es war Ramona – verstanden werden konnten, also bloße Schrittkorrekturen. Schon der erste Partnerwechsel – ich tanzte zuvor, und zwar wortlos aufmerksam, mit Fräulein Zwoidrack – brachte mich mit Fräulein Rudorff zusammen. Nach wenigen Schritten sagte sie, ohne dabei jene beim Langsamen Walzer vorgeschriebene, betont distanzierte Haltung aufzugeben: »Heute, dreiundzwanzig Uhr zwölf.« Auf meine, wie man glauben mag, verblüffte Rückfrage erhielt ich keine Antwort. Der gleich darauf erfolgende Partnerwechsel – Fräulein Seifert – nahm mir jede Möglichkeit, beharrlich zu bleiben. Die später erfolgte Rekonstruktion des Übungstanzes hat ergeben, daß Fräulein Rudorff, die zuvor mit Herrn Wörlein getanzt hatte, erst nach sechsmaligem Wechsel Gelegenheit fand, mir die zweite Weisung zu geben: »Heute, dreiundzwanzig Uhr zwölf, Ecke Lietzenburger-Bleibtreu-Straße. Im Wagen bleiben.« Daß ich einen Prinz fuhr, hatte sie wohl bei den, wie ich nochmals betone, harmlosen Bargesprächen erfahren. Die dritte Weisung wiederholte die erste und zweite und beinhaltete den Zusatz: »Punkt dreiundzwanzig Uhr siebzehn dreimal im Langsamen-Walzer-Tempo die Standlichter löschen und wieder hereingehen.« Weitere Weisungen wurden mir nicht übermittelt. Auch hatte ich das Rückfragen aufgegeben. Es mag sein, daß ein gewisser Befehlston Fräulein Rudorffs eigentlich fragend mädchenhafte Stimme veränderte und mich verstummen ließ.

Auch als gegen zweiundzwanzig Uhr die Tanzstunde beendet war und sich mein Wille wieder gefestigt hatte, gelang es mir nicht, von Fräulein Rudorff eine Erklärung zu erhalten. Das übliche Durcheinander und ein Gespräch, in das mich, wie ich vermuten muß, beabsichtigterweise, zuerst Fräulein Zwoidrack, dann, zusätzlich, Herr Wörlein verwickelten, nahmen mir die Möglichkeit, eine Erklärung zu erhalten.
Die Zeit von zweiundzwanzig bis kurz vor dreiundzwanzig Uhr habe ich an der Halenseebrücke in der Bärenbaude bei zwei Glas Bier zugebracht. Dort war ich mit meiner Situation alleine. Zum Entschluß hätte ich kommen müssen. Statt romantisch und einem Jüngling nicht unähnlich abzuschweifen, hätte ich vom Ober Papier und Stift verlangen, den Verdacht, Detail um Detail, erhärten müssen. Meinem Alter entsprechend, als erfahrener Mann hätte ich handeln und die Polizei hinzuziehen sollen. An Stelle dieser Entscheidung, die ich damals allzu rasch voreilig nannte und nicht wirksam werden ließ, war ich töricht genug, aus Fräulein Rudorffs noch in der Bärenbaude nachhallenden Weisungen die eindeutige Aufforderung zu einem kleinen galanten Abenteuer herauszuhören. Ich zahlte erwartungsvoll. Denn nichts als meine Neugierde und mein Leichtsinn mögen mich bewogen haben, am 12. März um dreiundzwanzig Uhr zwölf meinen Prinz Ecke Lietzenburger-Bleibtreustraße zu parken. Heiter konzentriert und beflissen wie ein Pfadfinder, also auf die Minute gab ich die angewiesenen Blinkzeichen im vorgeschriebenen Tempo. Um dann zwanzig Minuten oder länger zu warten, worauf?

Bald hatte ich Grund genug zu bedauern, auf diese Weise in einen infamen Mordanschlag verwickelt gewesen zu sein. Meine Naivität hat zugelassen, daß ich innerhalb eines komplizierten Mechanismus, den ich bis heute nicht vollauf begriffen habe, als Rädchen, wie ich zugeben muß nicht unwichtiges Rädchen, mißbraucht werden konnte. Selbst als ich aus dieser und anderen Zeitungen erfuhr, daß ein Netz von Agenten das Sprengstoffattentat vorbereitet haben müsse, ja, als ich zwischen den brutalen Begleitumständen die Tatzeit »dreiundzwanzig Uhr siebzehn« verzeichnet fand, dazu den Hinweis, es habe sich um drei in regelmäßigen Abständen erfolgte Explosionen gehandelt, vermutete ich immer noch keinen Zusammenhang mit den von mir ausgeführten Weisungen. Als jedoch Recherchen der »Morgenpost« die politischen Hintergründe des Mordanschlages aufdeckten, als von anonymen Telefonanrufen berichtet wurde, die jeweils nach der monoton gesprochenen Ankündigung »Ramona läßt grüßen« den gleichnamigen Englischen Walzer wenige Takte lang folgen ließen, als mein Gedächtnis, plötzlich erhellt, Bargespräche in der Tanzschule Lagodny erinnerte, in deren Verlauf Wörlein, die Zwoidrack, aber auch Fräulein Rudorff abfällige Äußerungen über die Springer-Presse und über das Opfer ihres geplanten Anschlages hatten fallen lassen, als ich begreifen mußte, daß eine radikale, womöglich kommunistische Agententruppe mich zum willenlosen Instrument ihres Anschlages auf Demokratie und freies Wort gemacht hatten, stellte ich mich, zur Aussage bereit, der Polizei.

Hase und Igel

Rensch wollte nicht mehr um die Wette rennen. Hatte zwar Pulver, sah aber keine Ziele. Setzte sie lustlos zusammen, Kurzstreckenträume, blieb immer zweiter, trotz gutem Start. Rensch drängelt. Rensch zupft an seiner Krawatte. Rensch lernt Witze für jede Gelegenheit. Rensch lacht schon vor der Pointe. Rensch meint es gut mit sich und beschloß eine Reise. Er hielt es für unschön, bei sich zu Hause, etwa am Dienstag, dem einzigen freien Abend, während das Sandmännchen die Familie vor der Mattscheibe sammelt, ein Ende zu setzen. Auch Rücksicht auf das Geschäft. Er buchte also, packte mehr als notwendig, verspätete sich am Zeitungsstand und erschrak, als sein Name, die Halle hoch und weit, ausgerufen wurde. Beinahe gefiel ihm »Letzter Aufruf für …«, folgte aber, rauchte nicht mehr, schnallte sich kichernd an und war schon da, bevor sich das Flugzeug von der Piste gehoben hatte; auch jener Koffer Übergewicht.

Ein Hotel in Frankfurt, klug gewählt zwischen zwei Messen, hatte ein Zimmer mit Bad. Schrieb, was ihm einfiel, Ewald Nöldichen, auf den Meldezettel; denn alles Persönliche, der registrierte Rensch, wurde schon auf dem Weg zum Hotel Stück für Stück in den Main geworfen. Erst nach dem Abendessen – Nöldichen aß gut und langsam Rinderbrust mit Meerrettich und vergaß auch nicht seine Pillen – gefiel ihm das Zimmer. Einmal der erste sein: Bin da. Bin schon da. Rasch ausgeführte, lang überlegte Handlungen. Denn vieles scheitert an den Vorbereitungen.

Also kein Abschiedsbrief, da alles aber auch alles, immer um eine Kopflänge zu spät, gesagt worden war. Ich wiederhole mich ungern. Es gibt einen Punkt, von dem an ...
Als aber das Wasser in der Wanne stieg, lockte noch einmal die Schußwaffe und bat um Aufschub. Nöldichen verspottete Rensch und zählte ihm auf: den Versuch mit dem Segelboot während der Kieler Woche, als das Nachbarboot kenterte und er sich als Retter beweisen mußte; den Versuch mittels Stromschlag, der an einem Kurzschluß scheiterte, den die Kinder beim Eisenbahnspiel verursacht hatten; den Einbruch im Raubtierhaus, aber die sibirischen Tiger waren zuvor gefüttert worden. Rensch gab nach und verriegelte die Schußwaffe. Und Nöldichen, der übermütige Sieger, blickte nicht hinter sich. Dennoch war das melodielose Pfeifen beim Abziehen des Messers die Gewohnheit eines Mannes, der sich seit siebenundzwanzig Jahren derart altmodisch zu rasieren pflegte und einst Rensch geheißen hatte.
Warum er sich nach dem Entkleiden die Zähne putzte? Warum er das Zimmertelefon schon nach dem zweiten Läuten abnahm? Warum er dieses kumpelhafte »Ich bin schon da, Nöldichen, altes Haus!« nicht mit entschlossenem Abhängen quittierte? Warum er »Guten Abend« sagte und nicht »Falsch verbunden«? Warum er die Einladung für Nöldichen annahm und sich mit Nöldichens Kumpel, der schon da war und ihm neue Witze erzählen wollte, kurzfristig in einer Bar, Nähe Hauptbahnhof, verabredete? – »Also bis gleich, altes Haus!«
Ich gebe zu, da nun die Wanne gefüllt war, ein warmes Bad genommen zu haben. Es stimmt: ich kleidete mich sorg-

fältig, gab mir Mühe mit der Krawatte, memorierte zwei, wie ich hoffen durfte, neue Witze, unterließ es jedoch, mich nach dem Baden zu rasieren. Mit rauhen Wangen – einmal nicht Hase sein! – suchte ich die Bar in der Kaiserstraße auf und traf dort, er war schon da, meinen Bekannten von früher. Wir tauschten Erinnerungen aus, lachten an den richtigen Stellen und pichelten bis in den frühen Morgen. Die Stadt Frankfurt ist für ihr Nachtleben bekannt.

Herr Lettunich

Sie irren: Die Originale sterben nicht aus. So erzählte mir mein Steuerberater, der kein dem Stillschweigen verpflichteter Wirtschaftsprüfer ist und seinem Beruf wie einem einträglichen Hobby nachgeht, von einem seiner Kollegen, der es verstehe, zwischen den zweideutigen Spesenabrechnungen vielreisender Architekten und der umstrittenen Umsatzsteuer praktischer Ärzte seine Originalität zu entwickeln. Dieser Herr – er soll Lettunich heißen – hat sich von seinen Ersparnissen einen Geigerzähler, japanisches Fabrikat, gekauft und tätigt seine Einkäufe mit diesem Gerät. In Kolonialwarengeschäften, aber auch in Selbstbedienungsläden, auf dem Wochenmarkt wie in den Lebensmittelabteilungen der Kaufhäuser, wo immer Butter, Obst, Gemüse, Fleisch- und Wurstwaren, selbstredend Fische zum Verkauf ausliegen, läßt Herr Lettunich sein handliches Gerät, das nicht größer als ein Transistorradio und von ähnlich funktioneller Schönheit ist, bevor er sich entscheidet, empfindlich reagieren.
Sie sagen jetzt: Durchaus verständlich und angebracht diese Vorsicht. Sie loben Lettunich und nennen sein Verhalten in der Öffentlichkeit »nachahmenswert«. Sie wiederholen, da ich Originalität, die schon ans Schrullige grenzt, beweisen will, Ihre These von vorhin: Die Originale sterben aus. Ich räume ein, Herrn Lettunichs Absonderlichkeit mag, Lebensmitteln und besonders Fischen gegenüber, einige Berechtigung haben; aber wie würden Sie einen Herrn, Mitte vierzig, korrekt grau, beurteilen,

der den Geigerzähler zu Rate zieht, sobald er ein Taxi benutzen will, also es eilig zu haben scheint, sobald ihm Geld, Münzen oder Scheine ausgezahlt werden, ja, sobald es sein Wunsch ist, auf einer Parkbank zu sitzen? Immer noch kein Original? Ein Individualist, dem die Vernunft und einzig die Vernunft Ratgeberin ist? – Auch auf die Gefahr hin, mich der Indiskretion schuldig gemacht zu haben, passen Sie auf:

Herr Lettunich ist Junggeselle und wird es bleiben. Denn wie sein letzter Versuch, eine Ehe zu gründen, scheiterte, werden wohl alle seine eventuell folgenden Bemühungen, in den Ehestand zu treten, an jenem Geigerzähler scheitern, mit dem er seine damalige Verlobte, deren Appartement, Küche, Bad und – sprechen wir es getrost aus – Schlafcouch getestet hat, als ihn die junge Dame – eine Hamburgerin übrigens – zum letzten Mal und in bester Absicht auf eine Tasse Tee zu sich geladen hatte. – Schauen Sie! Da! Da drüben: zwischen Leineweber und Bilka läuft unser Original. Wie einen Hund führt er seinen Geigerzähler spazieren.

Selbstgedrehte

Ich rauche. Außerdem bin ich Linkshänder. Es braucht nur Blättchen, Tabak. Der gummierte innere Rand des Papiers grenzt den Drehenden gegen die Außenwelt ab: Distanz entsteht zu den Rauchern von Fertigprodukten, die immer besorgt sind, es könne der nächststehende Automat geknackt oder kaputt sein.

Auch Gottvater drehte sich seine selber,
nachdem er uns aus beinahe nichts erschaffen hatte.

Längs der Mittelfalte wird das Papier mit dem Mittelfinger, dem Zeigefinger geklemmt, während Daumen, Zeige- und Mittelfinger der anderen Hand ein nach Laune bemessenes Fuder Tabak ganz ohne Eile (und als gehe die Welt nicht immerfort unter) zum Würstchen kneten.

Es ist der Griff nach Brotkrümel, Lehm und sonstigem Fummelkram.
Im Mutterleib schon drehte ersatzweise ich.
Nicht nach Fertigem greifen – formen verformen.

Jetzt klemmen Zeige- und Mittelfinger der linken Hand den vorgeformten Tabak auf das Blättchen über der Mittelfalte in Länge, während die andere Hand den Tabaksbeutel, das Heftchen Papier in der Tasche sichern: immer noch ohne Eile, denn so gewinnen wir Zeit, in der nicht geraucht wird, doch ein Gedanke bedeutend sein Nadelöhr finden könnte.

Und da Parolen beliebt sind, sage ich unter Vorbehalt:
Selbst gedreht ist halb geraucht. – Denn oft unterbreche ich
den langsamen Vorgang: kritzel was, tippe Buchstaben, flüchte
in ein Jahrhundert, entlegen genug.

Endlich – denn Zeit ist inzwischen vergangen – halten Daumen, Mittel- und Zeigefinger der linken und rechten Hand in symmetrischer Ordnung den im Papier waagerechten Tabak etwa in Bauchnabelhöhe

Natürlich reden die Leute: Vom Iwan und seinem Machorka
(in Prawdapapier gekrümelt).
Oder an Opa erinnern sie sich,
der auch (in der schlimmen Zeit) selbst gedreht hat: Eigenanbau.

Beim Rollen gilt es, dem Tabak alle Fusseln, die sich nicht fügen wollen, radikal abzugewöhnen. Nun erst, nachdem er festgefügt in das bauchwärts weisende Drittel des Blättchens bis zum Anschlag gerollt ist, näßt die Zunge nicht etwa hastig, sondern verzögert und mit Gefühl die Gummierung des äußeren Blattrandes gegen den Widerstand der stützenden Zeigefinger.

Was uns allen außer einer neuen Religion fehlt,
ist ein in Holland käufliches Zigarettenpapier,
das nicht gummiert dennoch klebt und sich beim Rauchen,
weil zungenfeucht, bräunlich einfärbt:
nicht weniger als die lustlosen Filter.

Schwierig für Anfänger ist es, den befeuchteten oberen Blattrand um den gerollten Tabak zu schlagen, ohne jenen gleichmäßigen Druck aufzugeben, den eine straff selbstgedrehte Zigarette verlangt. Jetzt die Klebenaht nachfeuchten. Inzwischen wurde schon wieder ein Kind geboren.

Damit kein Tabak die Zunge beißt, zwirbel ich mir
den linken Anstoß der Selbstgedrehten mundgerecht spitz:
weil durch ein feuchtes Tütchen gesogen,
vergeistigt der Rauch sich gekühlt.

Auch Maria drehte sich, nachdem sie mich beim Drehen geknipst hatte und ich ihr, während sie knipste, die Geschichte vom bärtigen Mann, der wieder Brustkind sein, nuckeln wollte, mit allen Nebenwünschen erzählte, selbst eine Zigarette: beide rauchen wir jetzt.

Ist billig. Macht Spaß. Vertreibt Zeit. Und andere Vorteile:
zum Beispiel, die Kippen der Selbstgedrehten
sind alle anders, doch immer sensibel gekrümmt;
mein Aschenbecher gibt täglich Auskunft,
ob meine Krise Fortschritte macht.

Vatertag

Am Himmelfahrtstag, der ein Feiertag ist, feiern wir Vatertag. Viele Männer, dürre, nur noch von Sehnen gehalten, und fette, die sich gegen alles gepolstert haben, solche mit Lachfältchen, narbige, schon schrumpfende, viereckige, mit ihrem Gehänge beschwerte Männer fahren, ein ganzes Volk Männer, nur Männer fahren ins Grüne raus: in bekränzten Kutschen, auf bewimpelten Fahrrädern, in Vereinsstärke, pferdebespannte Wagen voll, in Automobilen alten und neuen Typs.
Früh sind schon bierselige Horden unterwegs, die sich in U- und S-Bahnabteilen drängen. Doppelstöckige Autobusse tragen Ladungen singender Männer. Halbwüchsige sind in Rudeln auf Motorrädern unterwegs: schwarzledern in ihren Lärm gehüllt. Auch Einzelgänger entschlossen zu Fuß. Die Veteranen der letzten Kriege, entfesselte Teilbelegschaften von Borsig und Siemens, die Herren der städtischen Wasserwerke, Müllmänner, Fernfahrer, Schalterbeamte, der Vorstand der Firma Schering, vollzählig versammelte Betriebsräte, wer Hertha oder Tasmania anhängt, Kegel- und Sparvereine, Skatbrüder und Briefmarkensammler, verbitterte Rentner, entnervte Familienväter, Ladenschwengel und picklige Lehrlinge, Männer, nur Männer wollen unter sich sein, ganz ohne Ilsebill, ledig der Röcke und Lockenwickler, wollen weg von der Brust, raus aus der Möse, frei vom Strickstrumpf, dem Abwasch, dem Haar in der Suppe, wollen außer sich sein und ins Grüne, wollen nach Tegel und an den Wannsee, auf den Teufels-

berg und zur Krummen Lanke, nach Britz und Lübars, wollen rund um den Griebnitz-Schlachten-Grunewaldsee mit Flaschen und Stullen, Kuhglocken und Trompeten, gestreift und kariert raus und ins Grüne, wollen auf Moospolstern, zwischen Bäumen auf Kiefernnadeln oder bierärschig auf knickbeinigen Gartenstühlen die ganz große Sau loslassen, wollen herrlich, selbstherrlich und abgenabelt von Muttern sein.

Und am Vatertag, der auf Himmelfahrt fällt, wollte auch Sibylle Miehlau Vatertag feiern: Auf jeden Fall! Von ihren Freundinnen, die Fränki, Siggi und Mäxchen hießen, wurde sie Billy oder auch Bill gerufen. Alle vier hielten sich für anders geartet und waren es, obgleich alle vier auch anders als anders geartet sein konnten, wie ich genau weiß; denn Anfang der fünfziger Jahre hatten Sibylle und ich heiraten wollen: große Pläne, wir waren verlobt. Es gibt Fotos: wir auf dem Markusplatz und unterm Eiffelturm. Wir auf den Kreidefelsen der Insel Rügen. Wange an Wange. Hand in Hand. Wir paßten zueinander. In jeder Lage. Und unser Kind …

Billy – das sag ich heute noch – war eine Frau von Format. Sie hatte ihr Jurastudium abgeschlossen. Alle Männer waren nach ihr verrückt. Sie galt als Vamp und lief auf Pfennigabsätzen. Sie vernaschte und wurde vernascht. Deshalb wurde auch nichts aus unserer Ehe, was wir bedauerlich fanden; denn Sibylle hatte einen häuslichen Zug, der auch später, als sie sich schon entschlossen hatte, andersgeartet zu sein, betulich ausgelebt wurde: Sie nahm das Mäxchen (mit seinem Seesack voller Gammelzeug) in ihre Wohnung

auf, die eigentlich schon unsere Wohnung gewesen war: mit Kinderzimmer und Doppelbett.
Das Mäxchen sah aus wie ein menstruierender Junge, platt und fragil, während Sibylle die Maße eines Pin-up-Girls hatte: Typ Stars and Stripes. Auch Siggi und Fränki wohnten in Wohngemeinschaft, doch locker im Verhältnis zueinander, immer auf Suche und unruhig wie dreijährige Hengste. Sie waren, bei allem männlichen Gehabe – immer in Hosen, die Stimmen im Keller –, vier kluge und ganz normal exaltierte Mädchen, die sich, weil sie zu oft auf doofe Jungs oder langweilige Männer (wie mich) gestoßen waren, ins eigene Geschlecht verkrochen hatten. Jetzt wollten sie anders, unbedingt anders sein. Dabei hätte ich es mit jeder von ihnen gekonnt. Und mit Sibylle habe ich im großen und ganzen prima geschlafen. Und die kühle Siggi habe ich ganz normal durchgezogen, ohne daß sie geklagt hätte hinterher. Und auch das Mäxchen wurde von mir, als es mit Billy ihren Schleckleck anfing, wie nebenbei vernascht. Nur Fränki, dieses Fuhrmannsgemüt, lag mir nie.
Jedenfalls begannen sie alle vier, eines Tages verrückt zu spielen: »Das geht nicht mehr. Das ekelt uns. So plump kann man uns nicht kommen. Wir sind ganz andere Zärtlichkeiten gewohnt. Ihr wollt doch bloß immer rein raus und fertig. Aufreißen und liegenlassen. Das kann man mit uns nicht machen, nicht mehr. Bedien dich sonstwo. Tut uns leid. Wir sind nun mal anders geartet. Na schön: anders geworden. Vorher, das zählt nicht. Das mußte man hinter sich bringen, und zwar konsequent. Können ja trotzdem Freunde bleiben. Komm doch mal wieder vorbei, auffen Schnaps und so.«

Das taten sie: harte Schnäpse trinken und Bier aus der Flasche. Und auch in Fränkis offenem Dreiradauto (aus fünfter Hand), das sonst für Schnelltransporte und Kleinumzüge gut war, rüttelten paar Flaschen Korn im Eiskübel und zwei Kasten Bier, als sie alle vier, Siggi am Steuer, die Hundekehle, dann Clayallee hochfuhren, um am Grunewaldsee zwischen zehn-, nein, hunderttausend Männern den Himmelfahrtstag lang Vatertag zu feiern.
Billy trug einen Zylinderhut. Fränki saß mit Melone. Siggi hatte sich ihre Schlägermütze verpaßt. Dem Mäxchen hing ein zu großer, um jede Fasson gebrachter Filz um die Ohren, der im Fahrtwind gehalten werden mußte. Figuren aus einem Film, der aus Hutrollen besteht. (Später tauschten sie ihre Deckel. Und Billys Zylinder blieb tragisch liegen.)
Und jene zehntausend Männer, die alle ins Grüne wollten, hatten sich auch, je nach Rolle, behütet mit Pickelhauben, Zipfelmützen, Strohhüten, Kreissägen genannt, mit Papierhelmen und richtigen Stahlhelmen. Jemand hatte sich sein feinkariertes Taschentuch mit vier Knotenzipfeln über die Glatze gespannt.
War ja alles Verkleidung nur. Sonst trugen sie nie oder selten Hüte und Mützen. Barhaupt am liebsten. Seit sie kein Vamp mehr sein wollte: Sibylles zum Wuschelkopf verkürzte Lockenhaare. Fränki kannte man nur mit Herrenschnitt: blauschwarz gefärbt. Siggis stumpfblonde Pagenfrisur: schulterlang strenggeschnitten. Dem Mäxchen hatte Billy eines Sonntags, als sonst nichts lief, einen Amischnitt verpaßt: Streichholzlänge, die knisternde Bürste.
Und wie der Rollenfilm vorschrieb, rauchte Fränki Pfeife,

schwieg Siggi mit einem Brasilstumpen zwischen den Zähnen, hing Billy eine selbstgedrehte Zigarette an der Unterlippe, kaute das Mäxchen Kaugummi, während alle vier auf dem mit Papierrosetten geschmückten, von einem blaugelben Gartenschirm überdachten Dreiradwagen in Richtung Grunewaldsee rumpelten: eingekeilt zwischen einem offenen Mercedes voller affiger Corpsstudenten in vollem Wichs und einer einspännigen Kutsche, in der drei ältere Herren ohne zu ermüden »Im Grunewald, im Grunewald ist Holzauktion ...« sangen.

Die Laune war gut. Das Wetter war prächtig und versprach, prächtig zu bleiben. Fortgeschrittener Vormittag, kurz nach zehn. Die politische Lage wie immer gespannt: ein Jahr nach dem Mauerbau. Westberlin eine Insel, auf der man leben konnte. Auch wenn die Grundstückspreise fielen, ging es doch wirtschaftlich einigermaßen. Besonders Fränki konnte nicht klagen: jede Menge Umzüge und Schnelltransporte. Und in Billys Anwaltspraxis florierte das Scheidungsgeschäft: »Die blöden Weiber hoffen immer bis zum Schluß und ziehen dann den kürzeren, jedesmal.« In Sieglindes Hundezwinger vermehrten sich Schäferhunde stammbaumgerecht und kleine Schleckhündchen, die reißend Absatz fanden; dabei hatte auch Siggi Jura bis zum trocknen Ende studiert, aber dann keine Lust mehr gehabt. (Erst ein gutes Jahrzehnt später konnte sie im Verlauf eines öffentlichen Tribunals ihren juristischen Büffelkram an den Mann bringen: »Ich klage an!«)

Das brachte die Zeit mit sich: Alle waren berufstätig, nur das Mäxchen studierte noch (auf Billys Kosten) in einem Tanzstudio den ekstatischen Barfußtanz und nebenbei klas-

sisches Ballett. Sag ich ja: waren tüchtig, lebenslustig und nicht ohne Ehrgeiz. Man stand seinen Mann, ohne einer von diesen Scheißmännern zu sein, die, selbst wenn sie vögeln, noch wichsen. Oder die zickigen Weiber mit ihrer Tages- und Nachtcreme, ihren Dauerwellen und vierzehn Paar Schühchen, mit ihren Preßtränen Schondeckchen Sammeltassen, mit ihrem Krimskram im Handtäschchen und ihrer Bimmelbammelangst vor dem Dickwerden. Nein, nicht nur vorm Schwangerschaftsbauch. All die Fettwulstängste und Schrecknisse vor früher Hängebrust. Der Schrei vorm Spiegel, weil Fältchen kichern, Äderchen blau sind und Mutters Neigung zum Doppelkinn durchbricht: Nur nicht alt werden! Nicht mehr begehrt, befummelt, begrapscht und in allen Löchern bewohnt sein von einem Stück Mann, spargellang; denn nur um das dreht es sich – um dieses ausgelatschte Stück Fummelfleisch, das ein Loch bildet, extra groß für den strammen Max. »Hör mir bloß auf mit dem partnerschaftlichen Seelengequatsche!« rief Billy, als ich ein Wort zum Sonntag riskierte.
Nein, nicht mit uns. Wir nicht. Kesse Väter wir, wie man sagt. Immer auf Reise. Ungebunden. Jägernaturen. Kinderlos glücklich. Denn daß Fränki (als Franziska Ludkoviak) zwei Gören aus ihrem früheren Ehe- und Sparherdleben hat, die sie ihrem Verflossenen, dem immer bekümmerten Pappi, samt Baugeschäft und neuer selbstloser Mutti gelassen hat, zählt nicht. Und auch Billys Tochter (von mir) wuchs längst abgetan bei der Großmutter auf.
Schluß mit dem Windelkram! Scheißkinder! Wir machen uns keine. Und unsere Trinen – denn auch das Mäxchen besteht darauf, sein Eigenleben zu führen – werden von

uns nicht dick, sondern ganz anders abhängig gemacht. Als wenn wir keine Krisen und häuslichen Sorgen hätten. Immerzu Eifersucht und wo warst du gestern. Dieses zermürbende Klein-klein. Und für jeden Furz Lügen erfinden müssen. Als wenn es keine größeren, übergeordneten, sagen wir mal: geistigen Probleme gäbe, die den Mann fordern und produktiv in Frage stellen. Aber nein: jeden Tag Szenen und Zänkereien. Siggis Freundin hat ihren zweiten Selbstmordversuch hinter sich. Fränki kann nur noch mit Prügel Ruhe und Ordnung schaffen. Billy ist, ehrlich gesagt, enttäuscht, weil sie das Mäxchen ganz anders eingeschätzt hatte und nicht mal so und mal so und mal so rum, denn Mäxchen läßt zwischendurch Kerle ran oder läßt Kerle zugucken, wenn sie es irgendeiner Trine besorgt. Lauter Verwirrungen und ein paar tragische Fälle. Jeder hat was Schreckliches durchgemacht. Siggi will, als sie zwölf war, von ihrem Vater begrapscht worden sein. Billy spricht gerne von Frühprägungen, weil sie, vierzehn Jährchen alt, aber doch schon ein richtig ausgewachsener Pummel, als die Russen kamen, von drei, manchmal sagte sie: von fünf Russen vergewaltigt, und zwar von einem nach dem anderen vergewaltigt wurde. Fränkis Mutter soll Zirkusreiterin (oder Bauchrednerin) gewesen sein. Und das Mäxchen wollte nie, mußte aber immerzu mit Puppen spielen. (Und was es noch gibt: die zu heiße Milch, der schreckliche Onkel, Opas Schnurrbartbinde und ein Cousin aus Stolp, der seinen Namen in den Schnee pissen konnte ...)
Doch heute ist Vatertag. Heute haben alle Trinen und frühprägenden Geschichten zu Hause zu bleiben. Nur wir sind auf großer Fahrt. Zwischen hunderttausend Strichmänn-

chen sind wir vier willentlichen, eigentlichen, übernatürlichen, weil bewußten Männer zielstrebig unterwegs: Wir kommen ohne Gehänge aus, wir hängen nicht vom Gehänge ab, wir sind frei, das neue Geschlecht. Schon hat uns die Natur an die Brust genommen. In allen preußisch markierten Forsten, um Papierkörbe an allen Seeufern, an den Tischen der Ausflugslokale halten wir Rast, protzen wir ab, nehmen wir Quartier und winken uns zu von Gruppe zu Gruppe: Hallo Jungs! Hoch die Tassen! Hier ist es gut. Hier laßt uns Hütten bauen. Hier sind wir unter uns, mal richtig ungestört unter uns. Frieden. Kein Weibergezänk und Wünschmirwas, Wünschmirdas. Keine Ilsebill weit und breit. Nichts muß mehr strammstehen. Entspannt euch, Leute! Und einen kräftigen Schluck. Auf wen denn? Na, auf den Vater. Den müden verbrauchten kaputten, endlich mal schlappschwänzigen Vater. Auf uns alle zwischen den preußischen Kiefern, an den gescheuerten Biertischen, inmitten Seeufermüll. Wie wir angereist sind: zu Fuß, auf Rädern, bespannt oder motorisiert. Jadoch, ein Volk von Brüdern, wie es im Lied heißt, Männer zuhauf. Alles, was Mann ist, feiert am Himmelfahrtstag den Himmelhochvater, den Übersollvater. Und auch die Jungs auf ihren geputzten Motorrädern – »Ja, ihr, da drüben am anderen Ufer!« –, die noch nicht wissen, wohin mit der Kraft, die sich in Leder geschmissen haben: schwarze Engel, mit Nieten beschlagen, wirklich wie Filmfiguren, die lässig federn und immer die richtige Witterung haben. Schlanke, auf Lauer stehende Hechte. Und einer bläst auf der mitgebrachten Trompete angriffige Signale. Ja, laßt uns Vatertag feiern, Vatertag feiern ...

Am Ufer des Grunewaldsees, dort, wo der Baumbestand gelichtet ist, unter einer hellgeflammten Kieferngruppe, auf Sand Nadelgrund Zittergras stellten Fränki und Siggi das Flaschenbier und den Kornschnaps im Eiskübel ab. Das Mäxchen trug den Freßkorb mit den Steaks und den Hammelnieren. Nachdem sie den Feldspaten, den Feuerhaken, den Eisenrost ausgeladen hatte, schleppte sich Billy mit zwei Feldsteinen von nahbei ab und legte sie zur Feuerstelle. Wie nach langer Reise und mythenbildender Irrfahrt sagte sie: »Ist ja märchenhaft hier. Hier kochen wir ab.«

(Damals, beim Rückzug. Versprengt in masurischen Sümpfen. Und nach der Schlacht bei Wittstock, als wir mit Torstensons Reitern und den schottischen Regimentern Lesley und King die Kaiserlichen geschlagen hatten und zwölf Ochsen am Spieß...) Feuerchen machen. Holz holen. Was abstarb, angeschwemmt wurde, nun knochenhart ist. Äste übers Knie gebrochen. Kistenbrettchen, da waren mal Kieler Sprotten drin. Aus Sträuchern, für die es Winter blieb, knackende Zweige brechen. Und verrunzelte Kiefernzapfen geklaubt, die brennen die brennen. Was noch? Deine Gefühle und ähnlicher Zunder. Meine zerknüllten Papiere, auf denen in Langzeilen Haß zettelt. Alle Ideen feuergeboren. Wir, was sich reibt und entzündet. Der alte, den Hausbrand nährende Streit. Meine Beweise brennen viel besser. Deine Liebe schwelt nur und kümmert. Eure Moral hat noch keinen Funken geschlagen. Das läßt uns kalt! Kalt läßt uns das.

»Nein, Mäxchen. Wärst du doch bloß zu Hause geblieben«, sagte Billy, als sie zwischen zwei Feldsteinen das Kleinholz auf Knüllpapier schichtete. »Das ist nun mal nichts für dich, dieser Männerauftrieb. Da haben kleine Mädchen wie du nichts zu suchen. Jetzt mach ich mir Vorwürfe, weil ich nachgegeben, wieder mal nachgegeben habe deinem Gebettel: Nimm mich mit, nimm mich doch mit. Das war leichtfertig. Wenn das die Jungs drüben spitzkriegen, ordinär wie die sind. Wieso? Du willst mir doch hier nicht erzählen, daß du keine Trine mehr bist. Ist ja lächerlich. Haste gehört, Fränki? Klein-Mäxchen will nicht mehr Papas Liebling sein, sondern wie wir auffen Putz hauen. Keinen Weiberkram mehr, nur noch sachlich von Mann zu Mann. Ist das nicht komisch, irrsinnig komisch?«
Da brannte das Feuer schon kleinklein von unten gefräßig hoch. Niemand lachte. Nur paar Mücken vom See. Und Fränki sagte mehr zu sich als zu Siggi: »Unsere Billy hat immer noch nicht begriffen, daß sie, genau besehen, unsere allerliebste Dickmadame ist, weshalb ihr das Mäxchen auf Muttertag einen ausgewachsenen Tittenhalter geschenkt hat. Eigentlich und genaugenommen, hätte unsere Billy zu Hause bleiben und Kreuzworträtsel lösen oder Mäxchens Socken stopfen sollen. Mal son richtiger gemütlicher Hausfrauentag. Ich hätte ihr meine Bettina und paar von Siggis Trinen rüberschicken können zum Tratschen und Salzstangenknabbern. Ist doch hier völlig fehl am Platze, unsere Dickmadame – oder?«
Da schwieg Billy, die mal meine Sibylle gewesen ist, wie ein Mann (verbissen verschlossen) und kümmerte sich nur noch ums Feuer. Das machte jetzt richtige Flammen-

symbole. Und auch an anderen Abkochplätzen im Grunewald und Spandauer Forst, auf den Lichtungen zwischen Tegels Bäumen, wo überall das Päsern, Zündeln und Mitdemfeuerspielen verboten war, hatten Männer wie sachkundige Pfadfinder Holz zwischen Feldsteinen geschichtet und zu Flammen emporgejubelt, so daß die berittenen Polizeistreifen Mühe hatten, vorbeizublinzeln: »Aber aufpassen, Leute, auch wenn Vatertag ist. Wir wollen hier nix gesehen haben.«

Das zeichnet den Mann aus. Wo er hinkommt und seinen Kreis schlägt, da ist Feuerstelle, da prüft er den Wind, da überschaut er die Lage und handelt nach Vorschrift. Er weiß das von Anbeginn, solange er unterwegs ist. Seinen Weg zeichnen Brandspuren. So markierten Männer Geschichte. Mit dem Feldspaten zogen sie einen Graben um ihr Lagerfeuer. »Noch nie was von Steppenbrand gehört?« Siggi überwachte den Funkenflug. Fränki starrte in die Flammen, als könne man ihrer Charakterschrift Botschaften ablesen. Das Mäxchen sprang drei-viermal über das langsam zu Glut kommende Feuer. Und nur Billy war auf den Zweck aus und klatschte beiseite, wo sie Gewürze, die Pfeffermühle und sonstiges Zubehör abgestellt hatte, die fußlangen und daumendicken Steaks aufs Küchenbrett. Mit einer Speckschwarte rieb sie den eisernen vierbeinigen Rost ab, dem anzusehen war, daß er schon oft über Glut stillgehalten hatte. Dann schnitt sie grüne Paprika zu Streifen. Ärmel hoch. Griffige Unterarme. Beil, der Koch, dem alles teilbar und Hackstück ist. Jetzt schnitt sie die Nieren auf, daß es seichte.

Billy glänzte nahe dem Feuer und versuchte entschlossen, an dem Gequatsche vorbeizuhören: Ihr Scheißer ihr! Was wißt ihr schon. Das Grillen auf offenem Feuer war immer schon Männersache. Schon in der Steinzeit. Später die Ochsen am Spieß. Es waren Männer, die auf Töpfe und Pfannen geschissen haben und über nackter Glut Steaks und Hammelnieren erschrecken ließen. Damals, auf Winterfahrt durch Litauens Sümpfe. Auf dem noch glühenden Gebälk gebrandschatzter Klöster habe ich Ferkel, Lämmer und Junggänse ... Als die Hussiten bis nach Oliva kamen ... Und nach der Schlacht bei Wittstock ...

Aber Fränki blieb verächtlich und ließ alles Geköch nur als Weiberkram gelten. »Was wird uns denn unsere Mutti heute Leckeres brutzeln? Tätowierte Stierhoden? Fingerlange Sextanerpimmel? Ach, wenn wir unsere Mutti nicht hätten. Wir Kerle stehen blöd rum, reden über die nukleare Abschreckung und über die ernste politische Lage, aber sie macht und tut und sorgt sich fraglos, selbstlos. Alles für uns.«

Das Mäxchen sagte nur: »Mach dir nix draus. Bist schon o. k., Billy. Wir wissen ja, was mit dir los ist.«

Aber meine Sibylle wußte das nicht und nie. Als ich mit ihr anfing, das war im Mai fünfzig, hatte sie gerade aus der frischgebackenen DDR rübergemacht. Aus Hoyerswerda kam sie, wo ihre Eltern, Ostflüchtlinge aus Danzig-Westpreußen, wohnen blieben und ihrem Einzelkind regelmäßig Pflaumenmus und Streuselkuchen schickten. Damals war Billy eine blondlockige, üppige, mal fleißige, dann launisch faule Studentin der Jurisprudenz, die eigentlich

ganz was anderes hatte studieren wollen: weiß nicht mehr was.
Wir galten als verlobt. Und während der ersten vier Semester hat sie auch gemacht, was ich wollte, bis sie willentlich Vamp wurde und ich sie nur noch vor- oder nachvögeln durfte. Zwischendurch Heulkrämpfe. Die Frühprägung. Fünf oder sieben Russen. Im Keller. Auf leeren Kartoffelsäcken. Deshalb Studium aufgeben wollen. Was ganz anderes, was Normales machen: eine Hühnerfarm hochbringen oder nur Hausfrau sein, Kinder haben (fünf oder sechs) oder nach Australien auswandern, bei Nullkommanull anfangen.
Wie nebenbei hat sie ihr Examen gemacht und ein Dutzend Männer, darunter auch zwei drei Exoten, abgenutzt zu den Akten gelegt. Ich blieb immer greifbar und sagte meine Sprüche: »Sag mal, was willst du eigentlich? Sag mal, kannst du dich nicht endlich entscheiden? Sag mal, du kannst doch nicht immer was anderes wollen? Sag mal, wie viele Wünsche hast du denn noch?«
Da machte ich ihr, weil ich dachte, das hilft, ruckzuck ein Kind. Aber das war dann im Weg und wurde ruckzuck bei den Großeltern abgestellt. Das Muttersein kotzte sie an. Und auch ihr Vampwesen flachte ab. Sibylle wurde geradezu zickig mager. Mich, niemanden ließ sie mehr ran. Redete nur noch über Existentialismus und so. Und als sie in Schmargendorf, gleich nach der Referendarzeit, ihren eigenen Laden eröffnete, begann sie Freundschaften mit geschiedenen Frauen zu schließen, deren Fälle sie mit Erfolg vor Gericht verhandelt hatte: darunter Fränkis Fall.
Doch nachdem ihre Entscheidung – »Ich bin anders und

steh dazu« – wie sicher war, durfte auch ich manchmal wieder. Wir verstanden uns viel besser als früher. (Das sind nun mal ihre Widersprüche.) Sogar unsere Tochter durfte mit uns einmal im Monat in den Zoo zu den Affen und Seelöwen: Wir sahen (auf Fotos) wie richtige Eltern, wie eine Kleinfamilie aus.

Erst im Sommer sechzig – Sibylle war mit großem Trara dreißig geworden – hatte ich restlos ausgeschissen. Das Mäxchen war aufgekreuzt und duldete keine halben Sachen. (»Ihr könnt ja Freunde bleiben. Aber sonst läuft hier nix mehr.«) Anfangs hatte ich noch gedacht oder gehofft: Das Mäxchen wird sone Trine sein wie die anderen auch. Ist doch alles nur Angabe. Und Billy wird das langstelzige Vögelchen vernaschen, wie sie vorher die Männer roh oder gekocht verputzt hat. – Auch Billy meinte noch lange, sie habe die Hosen an. Dabei wurde sie wieder richtig mollig rundum und ganz verrückt auf Haushaltführen mit Einbauküche, Geschirrspülmaschine und schicken Knollmöbeln. Ihr Standardsatz (vor langer Rede über die Kochkunst) hieß: »Wenn ich doch nur das Kochbuch hätte, das meine Urgroßmutter geschrieben hat, die von den Nazis im KZ umgebracht wurde.«

Naja, gekocht hat sie immer gerne, als Vamp und auch andersrum. (Ihr rheinischer Sauerbraten, ihr ungarisches Paprikagulasch, ihre Saltimbocca, ihr Coq au vin ...)

Jedenfalls hatte bald darauf Mäxchen das Sagen. Mäxchen bestimmte wann und mit wem Ferien auf Elba, Formentera oder diesmal auf Gotland gemacht wurden. Mäxchen bestimmte, welcher Godardfilm, welcher Beckett oder Ionesco unbedingt angesehen werden mußten. Mäxchen ließ den Spannteppich wieder rausreißen. Mäxchen sagte: »Hier kommt der Fernseher hin.« Mäxchen ging fremd. Mäxchen machte Schulden, und Billy zahlte. Und Mäxchen hatte auch gesagt: »Auf Vatertag bleibst du mir schön zu Hause.«

Gab das ein Theater. Erst ein zweistündiger Weinkrampf, vor dem sechs Sektgläser kaputtgingen und ein Taschentuch zerbissen wurde, hatte Mäxchens Willen gelockert. Und als dann Siggi vermittelnd sagte: »Und wer soll kochen? Etwa Fränki?«, hatte Mäxchen o. k. gesagt. »Soll sie von mir aus, ausnahmsweise. Aber keine Szenen, verstanden! So launisches Getue und ewiges Rumgezanke und immer neue Wünsche. Das halt ich nicht aus. Wirklich, das halt ich nicht aus.«

Und als der Vatertag in ganz Berlin mit großer Ausfahrt, umständlicher Platzsuche und dem Ritual des Feuermachens, mit dem großen Abkochen begonnen hatte, gab sich Billy angestrengt Mühe, keine beleidigte Heulsuse und launische Trine zu sein. Das Glutschüren half ihr. Und Fränki, Siggi und das Mäxchen waren auch derart vatertagstoll mit sich selbst beschäftigt, daß ihnen Billys Zustand molliger Zwiespältigkeit kaum auffallen mochte.

Es gab ja genug zu tun. Wie all die zehntausend, nein hunderttausend Männer an den Seeufern, zwischen den Bäumen, vor Erfrischungsbuden und gescheuerten Tischen hatten Siggi (hingeflezt), Fränki (stehend) und das Mäxchen (unruhig auf und ab) Bierflaschen am Hals, die fünfte sechste schon leergegluckert, bis der Drang übermächtig wurde und das knäbische Mäxchen etwas Verblüffendes

tat: Nicht etwa in üblicher Strullhocke gab es seinem Bierblasendruck nach, sondern breitbeinig stehend als klassischer Mann begann das Mäxchen, an einem hellgeflammten Kiefernstamm sein Wasser abzuschlagen, indem es seinen Jeans den Schlitz zum Hosenstall öffnete und einen rosafarbenen Pimmel mit Griff wie gelernt in zielgerechte Lage brachte. Wer das nicht glaubt, soll es probieren.
Das Kunststoffprodukt zapfte offenbar durch einen Patentgummiwulst als Saugverschluß das Pißlöchlein kunstgerecht an; denn täuschend ähnlich (und aus Distanz gesehen natürlich) pißte das Mäxchen lange gegen den Stamm, wobei sein Blick am Stamm vorbei über den See auf die vatertagsfeiernden Männerhorden am anderen Ufer gerichtet war. (Bei Winterwetter hätte das Mäxchen leicht ein großes M in den Schnee pissen können.)
Das brachte Spaß und Staunen. Fränki wollte das Wunderdings auch haben, anfassen, sich mit dem Saugverschluß draufstülpen, den dollen Hecht mal ausprobieren. »Mann! Wo haste den her? Was? Aus Dänemark? Für neunzehn achtzig nur? Muß ich haben, unbedingt haben.«
Wie ein Kerl stand Fränki, den Männerblick trüb in ferne Prärien verloren. Kein Neid auf die Stinkmorchel mehr. Nie wieder erniedrigendes Weibergestrull. Wie die tausend und abertausend Männer im Verhältnis zu hunderttausend anderen Kiefern pißte Fränki aufrecht in leicht schrägem Winkel gegen aufrechte preußische Bäume: Jawoll!
Als Siggi dran war, hatte sie sogar, während sie unten pißte, oben nach echter Männerart eine Flasche Schultheiß am Hals. Die Schlägermütze in den Nacken geschoben. »Vatertag! Vatertag!« röhrte das Mäxchen, und die Hirsche

benachbarter Männergruppen, darunter die korporierten Studenten in vollem Wichs, antworteten brünstig.
Als aber Billy vom Feuer und der gewachsenen Glut kam und »Ich auch. Laßt mich auch mal« sagte, bekam sie nur väterliche Worte. »Das geht zu weit, Kindchen. Alles hat seine Grenzen. Nicht immer Wünschmirwas Wünschmirdas. Unsere Dickmadame hat doch versprochen, schön brav zu sein. Gibts denn nicht endlich was zu futtern?« Und Fränki rief: »Hunger! Hunger!« Worauf das Mäxchen zu singen begann: »Drei vier! Wir haaaben Hunger Hunger Hunger, haben Hungerhungerhunger, haben Hungerhungerhunger, haben wir ...«
Da blieb Billy, meiner armen, gekränkten und so tragisch frühgeprägten Sibylle, nichts übrig, als die gespeicherte Glut mit dem Feuerhaken vorzuziehen, den Rost vierbeinig über die Glut zu stellen, vier mächtige, zuvor mit gestoßenem Pfeffer, mit Thymian und Öl eingeriebene Steaks vom Rind und sechs halbierte Hammelnieren, auf die sie gevierteilte Knoblauchzehen gedrückt hatte, eng bei eng auf die Roststäbe zu legen, daß es zischte, prasselte und seinen Duft steigen ließ, der sich mit der harzigen Grunewaldluft und dem Modergeruch des Sees mischte.
Wie der Koch Beil im schwedischen Feldlager war Billy geschäftig, als müßte sie zwölf Ochsen am Spieß gleichzeitig bedienen. »Grillieren ist Männersache. Sag ich ja immer: ausgemacht Männersache! Issen Urtrieb. Hat die Natur so geregelt.«
Nachdem sie die Steaks und halbierten Nieren gewendet hatte, legte Billy die grünen Paprikastreifen zwischen das zusammengeschnurrte und doch seinen Saft haltende

Fleisch. Nur der Nierenseich tropfte in die Glut. Als Mäxchen, von Fränki unterstützt, wieder das langgezogene Hungerlied brachte – »Drei vier!« –, rief Billy: »Noch zwei Minütchen, ihr verfressenen Kerle. Gleich isses soweit.«

Sie aßen zu viert. Und wenn man sie die zu großen Happen kauen sah, das Kauwerkzeug blank, nicht mümmelnd zurückgenommen, aßen sie vier Mann hoch.
»Tja«, sagte kauend Fränki, »das war vor der Schlacht bei Wittstock. Wir hatten die lustige Hur in Weiberkleidern gefangen, war aber ein Bengelchen drunter, das sollte examiniert werden, hochnotpeinlich. Da begann schon das blutige Treffen ...«
»Im ersten Schreck, und weil im Getümmel kein Aufpassen war, rettete ich mich auf einen Baum«, sagte das kauende Mäxchen, »und las Zeile nach Zeile in einem Buch, das ich dem Profoß geklaut hatte. Und in dem Buch stand genau beschrieben, was auf dem Schlachtfeld geschah: in Bildern und Worten.«
»So ist das mit der Wirklichkeit«, sagte zwischen erschreckenden Schneidezähnen die kauende Siggi. »Alles was ist, ist schon vorgeschrieben. Auch daß wir hier sitzen und Steaks kauen, war schon mal, und zwar gleich nach der Schlacht, als wir die Kaiserlichen über die Dosse und in die Sümpfe getrieben hatten. Stimmt's, Billy?«
»Ja«, sagte Billy kauend, »damals war ich Koch beim schottischen Regiment Lesley. Aber keine Steaks gab es, sondern Ochsen am Spieß. Und unser Mäxchen, das wir in Weiberkleidern irgendwo hoppgenommen hatten, kletterte, als das Hauen und Stechen vorbei war, mit seinem Buch,

in dem alles vorgeschrieben stand, vom Baum und bekam auch ein Stück Ochsenbrust, weil das Kerlchen so mager war, aber lustig und Redensarten führte, die dem Volk vom Maul abgeschrieben worden waren: ein hergelaufener Troßbube, schelliger Narr und ein Simplex, wie er im Buche steht. Will immer die große Nummer schieben. Denkt sich im Kopfstand was aus. Hat Segelohren, der Bengel.«

Sagte ich schon: Das Mäxchen hat mich vertrieben. Die sperrige Latte, sinnwidrig auf den sanften Namen Susanne getauft. Das sperrige Ding, dem nichts anschlug: keine Schweineschmalzgriebe, nicht Brühe aus Rinderhesse gewonnen, keine Gänsekeule, kein heißes Hammelfett. Nichts konnte das Schlüsselbein polstern, die Wirbelsäule sanft betten. Seitdem das Mäxchen vom ekstatischen Ausdruckstanz wegstrebte und ins klassische Ballettexercise eingespannt war, sagte man seinem Körper Auszehrung und seiner Seele Heißhunger nach.
Deshalb hat meine Sibylle mich, die Zumutung Mann, aus unserer gemeinsamen Wohnung vertrieben. Nein, das Mäxchen hat mich vertrieben, hat meinen Platz eingenommen, hat meinen Schreibtisch und eingesessenen Sessel besetzt und hat mein Bett, das mit seinem Gestänge an Sibylles Bettgestell hing – wie auf ewig vergattert –, mit einer Eisensäge ritschratsch abgesägt.
Ich bin dabeigewesen. Demonstrativ amputiert. Trennung von Tisch und Bett. Worauf meines beiseite geschoben, beschimpft, verdammt und bespuckt wurde. Das Kopfkissen, die Daunendecke, das Weißzeug, der Keilrahmen mit den Sprungfedern und die Matratze wurden, als habe ein

Pestkranker das Laken zum Sterbelaken gemacht, gegen Trinkgeld der Städtischen Müllabfuhr ausgeliefert: »Weg mit dem Dreckskerl! Was brauchen wir den. Was der kann, hab ich im kleinen Finger.«
Erst dann rief das Mäxchen Handwerker ins Haus und ließ sich aus dem Gestänge meines ledigen und ganz zum Skelett abgemagerten Bettes ein rundgriffiges Langstück sägen, dessen Enden zu Halterungen gebogen und ins Mauerwerk gedübelt wurden. Fortan ist das Fragment meines Bettes Mäxchens Ballettstange gewesen. Zur asketischen Funktion umgedeutet. Ohne Erinnerung an mich und Sibylle, wie wir im gemeinsamen Doppelbett (zu Zeiten guter Marktlage) ein Fleisch gewesen sind. Nur noch die strenge Übung. Die klassische Schönheit. Das schweißtreibende Exercise. Mäxchen wollte ja zum Theater und wenn nicht Solo, dann Gruppe tanzen. Susanne Maxen, Mäxchen genannt, galt als begabt.

Und auch Billy (meine Sibylle) hielt sich für berufen, wenn nicht zur Darstellung anderer Rollen, dann doch zur Selbstdarstellung. Oft nach dem Essen, also auch, als überall Vatertag gefeiert und die innen noch roten, erst zum Schluß gesalzenen Steaks und die saftigen Hammelnieren vernichtet waren – es gab Schwarzbrot trocken dazu und Schafskäse danach –, hat Billy gesagt: »Mein Leben ist ein einziger Film.«
Weshalb jetzt jener Vatertagsausflug zum Grunewaldsee, den zwischen hunderttausend Männern Billy und Fränki, Siggi und das Mäxchen bis zum entsetzlichen Ende mitgefeiert haben, aus wechselnden Perspektiven erinnert wer-

den soll: bäuchlings im zertretenen Gras, von besteigbaren Grunewaldkiefern herab, aus Büschen, vom glatten See aus, wie sie ein Grüppchen am Ufer zwischen anderen Grüppchen sind. Und auch bei den restlichen neunzigtausend und mehr Männern in Spandau, Britz und im Tegeler Forst, an Biertischen und rund um die anderen Seen, sollen Kameramänner dabeisein und draufhalten draufhalten. Überall getarnte Mikrofone, damit kein Gequatsche verlorengeht. Jetzt! Jetzt! Während der Mittagspause ...
Nach sattem Rülpsen werden ewige Worte gesagt. (Das wollen wir festhalten und später zwischenschneiden.) Ein Bankangestellter, Mitte Vierzig, verkündet am Griebnitzsee überm gewesenen Schnitzel: »Aber so ist das Leben.« An einer Liedertafel des Gesangvereins Harmonia, unter Buchen in Britz, sagt nach dem Eisbein mit Kraut und Erbsenpüree ein pensionierter Oberlehrer zu seinen Sangesbrüdern: »Nur noch im Lied ist Freude.« Knapp nach der dritten Bockwurst am Teltowkanal zieht ein Maurerpolier Bilanz: »Jetzt ist die Welt wieder in Ordnung.« Und bei den Jungs in schwarzem Leder, die ihre Motorräder immer fahrbereit halten, sagt einer, der Herby heißt (und nachdem alle Pommes frites aus Tüten gefuttert haben): »Son Tag ohne Bumsen ist keiner.« Während Billy nahezu gleichzeitig ihren bedeutenden Satz – »Mein Leben ist wie ein Film!« – spendet.
Danach hängen sie ihren Gedanken nach, vom Mittag und seiner flirrenden Ruhe benommen. Paris Stunde. Paar Mücken hochgestimmt. Die Hüte, Mützen beiseite. Billy, Fränki, Siggi, das Mäxchen liegen jeder für sich – Billy auf einer Kamelhaardecke – und kauen Grashalme, rau-

chen, und das Mäxchen versucht, wie es in Spandau und Tegel von Tausenden versucht wird, einen Kaugummi zu zermürben. Die Gedanken, denen die vier mittäglich nachhängen, sind Gedanken, die in einem klassischen Western zum Konflikt zwischen Helden führen.

Ob Siggi oder Fränki: Einer steht gegen viele. Ob Billy oder das Mäxchen: Sie schießen sich, Rücken gegen Rücken gestellt, aus der Falle. Viereinige Gedanken vereinigen die vier als siegreiche Vier. Sie streicheln die Einsamkeit des Überlegenen. Sie verachten die Mehrheit. Sie gehen lässig mit ihrer Sicherheit um. Denn in Gedanken ziehen sie allemal schneller. Sie überqueren den staubigen Platz. Sie machen schmale Augen, bevor sie den Saloon räumen. Alle vier an der Theke. Ihre Durststrecken. Beladen mit den Satteln krepierter Pferde. Ihre Art, dem korrupten Sheriff die Absätze von den Stiefeln zu schießen. Überhaupt, wie sie schießen: aus jeder Lage, auch aus komischer. Wie Siggi (nach langem Ritt durch die Salzwüste) eingeseift im Badezuber sitzt und sich dennoch durchs Handtuch pengpeng behauptet.

Und immer gibt es da einen milchigen Jungen, der Ärger macht, träumend im Wege, dußlig im Schußfeld steht und den Billy raushauen muß, auch wenn die Smithbrothers (Fränki und Siggi) dem zitternden Burschen (das Mäxchen) die Schlinge schon um den Hals gezurrt haben. Doch in Gedanken und Filmen, die niemals reißen, wird der gerettete Junge zum mageren, störrischen und komisch eckigen Mädchen in Hosen. Das kommt in Gedanken und Wahrheit raus, wenn die Schußwunde ausgebrannt, die Pfeilspitze rausgeschnitten werden muß: kleine Brüst-

chen unter der Gänsehaut. Susanne heißt unser Mäxchen. Doch Billy verzichtet mannhaft auf einen Fick hinterm Busch. Beim Abschied nur rauhe Zärtlichkeit, der gutmütige Klaps auf den Spannarsch des Jungen im Mädchen: »Machs gut, Susan. Und paß auf dich auf!«
Dann wieder Einsamkeit im Sattel oder neben dem klapprigen Gaul durch Steppe und Wüste. Immer engere Kreise ziehen die Geier. Gerippe liegen beiseite. Stechfliegen oder Mücken bleiben als Plage verhängt. Gold, Frauen, denkt Fränki. Rache, denkt Siggi. Nur Billy will wieder ehrlich werden, nicht mehr töten töten müssen, sondern zu Hause in Kentucky auf dem weiten welligen Weideland Rinder züchten – »Komm doch mit, Mäxchen!« – und Pferde zureiten ...
Doch Fränki springt aus dem Film ans Ufer des Grunewaldsees, wo der Vatertag dösige Mittagsruhe hält, und schießt mit beiden Zeigefingern – Peng! Peng! – aus der Hüfte: »Ihr Hunde! Ihr hündischen Hunde!«

Nein, Billy, meine Sibylle, deren Leben ein Film ist, hat nicht nur in Wildwestfilmen ihre Hauptrolle. Billy ist auch als Bill zur See gefahren und hat Kabeljaufänge nach Island gebracht. Ein hartes Leben.
Oder in Kriegsfilmen: Billy war an mehreren Feldzügen aktiv beteiligt. Schon im Dreißigjährigen Krieg will sie, wenn nicht als Koch in einem schottischen Regiment, dann als Obrist unter dem schwedischen General Baner (gleich nach der Schlacht bei Wittstock) Schlesien zurückerobert, die Katholen vertrieben und als Kurier des Kanzlers Oxenstierna in der Hafenstadt Danzig jenen Dichter (und Dop-

pelagenten) Opitz getroffen haben, dem eine Küchenmagd Schonkost gekocht und die letzten Jährchen versüßt hat. Oder in Liebesfilmen: Sibylle Miehlau ist zu allen Zeiten als Mann unwiderstehlich gewesen. So will sie der hochgotischen Pilgerin Dorothea von Montau, als auf der Wallfahrt nach Aachen im Krug zu Putzig erste Rast gemacht wurde, den süßen Jesus ersetzt haben: als fahrender Student auf raschelndem Strohlager, immer wieder und nochmal. Natürlich muß das Mäxchen die zerbrechliche Dorothea in ihrer Inbrunst spielen.
Und ganz in Szene ist Billy in einem Film, der Vatertag heißt und mit dem Aufbruch der hunderttausend Männer beginnt: wie sie zu Fuß, bespannt, motorisiert Platz suchen, Feuerchen machen, Bier trinken, gegen Bäume pissen, abkochen, Stücke Fleisch kauen, Mittagsruhe halten und Gedanken nachhängen, die alle verfilmt sind.

Plötzlich ein Lüftchen. Die preußischen Kiefern räusperten sich. Unter der Asche des Lagerfeuers machte sich die Glut kleine Hoffnung. Es runzelte der Grunewaldsee seine Stirn. Als Boten der schwarzgelederten Rocker flogen am anderen Ufer sieben, elf Krähen auf. Woanders rührten sich Kiefern am Schlachten- und Griebnitzsee. Die Eichen im Spandauer Forst und in Tegels Mischwald erinnerten sich lebhaft. Gerüche wechselten das Quartier. Die Papierservietten der Ausflugslokale blühten noch einmal auf. Und nahe dem Dorf Lübars, wo die Deutsche Demokratische Republik mit Stacheldraht angrenzt, kannte das Lüftchen – es kam von drüben – ein einziges Deutschland nur. Als hätte der liebe Gott die Mittagsruhe des Himmel-

fahrttages, der in Berlin und anderswo als Vatertag gefeiert wird, mit einem mehr geatmeten als gesprochenen »Sooo« aufheben wollen.
Und auch Billy, Fränki, Siggi, das Mäxchen wurden aus ihren Gedanken und spannungsreichen Abenteuerfilmen gekippt. Sie sprangen auf ihre Ledersohlen. Das Mäxchen trug Jesuslatschen. Fränki steckte in Fallschirmjägerstiefeln. Siggi und Billy trugen gewöhnliches, wenn auch derbes Schuhzeug. Sie wippten alle vier in den Knien. Sie schüttelten sich Gedankenreste und Präriestaub ab. Sie ließen alle Glieder versuchsweise knacken. Sie machten Trippelschritte wie Sparringspartner oder Kurzstreckenläufer vorm Start. Und auch am anderen Ufer wie an entlegenen Seeufern wurden die männlichen Gliedmaße gesammelt geschüttelt gestreckt: Mal sehen, was wir noch wert sind. Den alten Adam auf Vordermann bringen. Wollen doch nicht nur faul auf dem Sack liegen, süße Träume kleinlutschen, sozusagen außer Kurs sein. Nein! Was kostet die Welt?
»Sag mal, Siggi, ist denn nix los mit dir heute? Nu mach mal, Mäxchen! Ne richtige Vorzeige. Und Fränki? Das soll unser guter alter Fränki sein? Der Fuhrknecht und Höllenhund? Der Mann mit der eisernen Pranke? Los Jungs! Du auch, Billy! Hatte uns Billy nicht versprochen, die ganz große Sau loszulassen? Is doch Vatertag heute, Vatertag heute!«

Da begann das große, überall das ganz große, das noch nie dagewesene, wirklich sehenswerte, weil von Amateuren gebotene, dennoch profihafte männliche Kräftemessen. Ganz einfach: jeder zeigt, was er kann. Das war schon im-

mer so und ist bei Olle Homer und Olle Moses, im Nibelungenlied und beim Kampf um Rom belegt. Nicht nur die Jugend der Welt, auch Opa schafft das, indem er tief unten ein Stuhlbein faßt und den Stuhl vom Boden eines Britzer Ausflugslokals hoch ins Buchenlaub hebt.
Das können viele: Biergläser, sorgfältig gekaut, auffressen. Wer beim Kommiß war, schafft hundert Kniebeugen freiwillig mit vorgehaltenem Benzinkanister (nur halbvoll). Das immer noch staunenswerte Laufen auf Händen. Was noch?
Soweit sich Männer verstreut gesammelt haben: bayerisches Fingerhakeln, gesamtdeutsches Tauziehen, ostasiatisches Freistilringen. Was jeweils Kraft Mut Geschick beweist. Denn das macht den Mann aus: der blutige Ernst im fröhlichen Spiel.
Drüben die schwarzgelederten Jungs zwischen den Motorrädern – »Daß die nicht schwitzen!« – bewarfen sich, gezielt scharf daneben, mit Extramessern: springende Klinge und so. Während den korporierten Studenten von nebenan – auch die wollten ihren Wichs nicht ablegen – nur immer das blöde Exsaufen einfiel, wobei sie stramm standen (immer mühsamer) und Trinksprüche schnarrten, altdeutsche und lateinische. Ein glatzköpfiger Herr, Mitte Fünfzig, jener allgemein bekannte Einzelgänger, der immer seinen kleinen Extraauftritt hat und dessen Glatze von einem viermal geknoteten Taschentuch geschützt wurde, hockte vorne links am Seeufer und setzte sich Blutegel, die er aus der Grunewaldbrühe gefischt hatte, an seine traurigen Altmännerbeine.
Warum nicht? Der soll auch seinen Spaß haben. Schließlich

leben wir in einer freien Gesellschaft, in der jeder sich Blutegel ansetzen kann, so viele er will.

Da nahm sich das Mäxchen die Freiheit, eine der preußisch gewachsenen Kiefern zu besteigen: Es sprang aus seinen Jesuslatschen, nahm nochmal Abstand und maß den auserwählten Baumstamm inmitten der Baumgruppe, sprang aber nicht den Stamm an, sondern ging federnd auf ihn zu, dabei die Finger spielerisch nach Raubkatzenart spreizend und krallend, um vor dem Stamm einige entspannte Sekunden der Sammlung und Besinnung, womöglich ein kurzes Gebet einzulegen; denn das katholisch herangewachsene Mäxchen hatte gelernt, in besonderen Situationen, zum Beispiel kurz vor der barfüßigen Besteigung eines hellgeflammten Kiefernstammes, den Heiligen Antonius um Hilfe anzugehen, weil das von unten leichter aussah, als es auf halber Höhe, wo jetzt das Mäxchen eine Pause einlegte, getan war: Fuß nach Fuß und Griff um Griff, wobei die Haut an den Fußkanten, in den Handflächen fetzte und nur der Harzduft der klebrigen Rinde die Mühe, Gefahr und den Schmerz entschädigte; auch halfen die Zurufe der Freunde Fränki und Siggi, deren rhythmischer Triebvers »Steht kerzengrade wie zur Parade« das Mäxchen nicht nur anfeuerte, sondern vorerst nur hintersinnig, doch kurz vorm knorrig gezausten Wipfel der phallischen Kiefer regelrecht Lust brachte, weshalb das himmelhoch verstiegene Mäxchen abermals eine Pause einlegen mußte: eng an den vibrierenden Stamm gegossen, bis es ihm ganz natürlich und geradezu weiblich kam: Achachachachach …

Danach machten die restlichen anderthalb Meter dem Mäxchen einige Mühe. Doch schließlich war es geschafft. Weit entrückt die Freunde. Beifall von unten. Diese komischen Figuren in ihrer lächerlichen Verkürzung. Die hatten natürlich was gemerkt und machten blöde Witze. Bißchen schwindlig war es dem Mäxchen schon, aber auch wohlig im schwankenden Wipfel.
»Na und!« rief es von oben nach unten. »Blasser Neid, was? Könnt ja auch, wenn ihr wollt. Stehn Bäume genug rum. Los, Billy! Du trübe Tasse. Hoch den Fettarsch. Klemm dir son Bäumchen zwischen die Schenkel. Rubbel dich hoch. Nu mach schon, mach. Oder willste ne Trine bleiben, Heulsuse, Pinkelemma, Lutschliese, Tittenmutti, Sparbüchse. Immer nur hinhalten hinhalten!«
Da kämpfte meine Sibylle schon wieder mit den wie selbsttätig kommenden Kullertränen, während das verstiegene Mäxchen hoch oben im Wipfel turnte, Irokesenschreie ausstieß, die ganz große kopfstehende Freiheit forderte, alles, was Frau war, ist und bleiben wird, zum ringsum behaarten Löchlein reduzierte und die dazu passenden Männer als Stöpsel beschimpfte: »Ich, Maximilian, bin das neue Geschlecht!« Laut rief das Mäxchen wipfelhoch in den fortgeschrittenen Vatertag: »Ich werde mir einen Sohn zeugen. Sohn zeugen. Der soll Emanuel heißen. E – ma – nu – el heißen!«
Das hörte sich hübsch an von unten, wenn auch ein bißchen schaurig und reif für Wittenau. »Komm runter!« rief Fränki und machte sich mit den beiden Feldsteinen zu schaffen, die Billy zur Feuerstelle gelegt hatte. Während das Mäxchen langsam und Fuß vor Fuß sichernd von seiner

Himmelfahrtskiefer stieg, schleppte Fränki, links rechts beladen, beide Feldsteine zum Seeufer, um dort den einen, den anderen erstaunlich weit in den See zu stoßen. Mit vollendeter Steinstoßtechnik. Fränki, der Mann mit dem breiten Kreuz und den schmalen Hüften. Plumps und nochmal plumps machte der Grunewaldsee und ließ zweimal Kreise wachsen, die sich brachen, bis sie etwa das bedeuten mochten, was Fränki – wer weiß mit wem? – vorhatte; denn wenn das Mäxchen sich selbst genug zu sein schien, war Fränki noch immer auf Partnerschaft angewiesen: zwei vom inzwischen heruntergekommenen Feuer noch einseitig erhitzte Feldsteine, die Plumps Plumps machten und ihre Wellenkreise mischten.
Die phallische Kiefer, die plumpsenden Steine. »Ihr mit eurer symbolistischen Kacke!« sagte Siggi und spuckte ihren zerkauten Brasilstumpen aus. »Und was hat das zu bedeuten? Hier, ein Hosenknopf. Da, Nadel und Zwirn. Etwa die fleißige Hausfrau? Irgendwo Schräubchen lokker? Knöpfchen auf Suche nach passendem Knopfloch? Abwarten, sag ich. Nix Hokuspokus. Zeig ich euch. Aber Ruhe dabei.«
Und mit gleichmäßigen Stichen von außen nach innen, durch alle vier Löchlein, parallel überkreuzt nähte sich Siggi, ohne zu zucken und wie gelernt, den ordinären Hosenknopf an ihre linke Backe. Kein Tröpfchen Blut floß dabei. Nicht mal das Mäxchen riß Witze. Billy schwitzte vor Erregung, während Fränki auf den angenähten Knopf starrte, als habe mehr als nur ein Hosenknopf Halt an Siggis linker Backe gefunden.
»Na!« sagte Siggi, nachdem sie den von innen straff zwi-

schen ihren großen und regelmäßig stehenden Schneidezähnen geführten Faden abgebissen hatte. »Na? Wie sieht das aus? Knopf an der Backe. Hat nix zu bedeuten. Is kein Symbol. Wertfrei sozusagen. Oder will hier vleicht jemand ein sinniges Gedichtchen von der verlorenen Liebesmüh aufsagen?«

Weil Siggi (wie später die feministische Anklägerin Sieglinde Huntscha) in jeder Lebenslage ein Gesicht von streng klassischer Schönheit zur Schau trug – griechische Nase, hohe Wangenknochen, kühngezeichnete Brauen über dem großgeschnittenen Raubvogelblick unter gemeißelter Stirn –, wirkte der Knopf an ihrer schmal zum Kinn laufenden Wange nicht komisch, sondern wie ein raffinierter Hinweis auf ihre (ohne Knopf) womöglich zu vollkommene Schönheit.

»Nicht übel«, sagte Fränki. Mäxchen bettelte: »Näh mir doch auch einen an. Bittebitte.« Doch als Billy »Phantastisch!« rief und von irgendwo her einen Taschenspiegel zauberte – »Guck mal. Steht dir phantastisch!« –, lehnte Siggi den eitlen Weiberkram ab. »Ich weiß, wie ich aussehe. Macht euch bloß nicht ins Hemd. Kleiner Scherz unter Freunden. Werd ich mir gleich wieder abschminken. Na, Billy, und was hast du uns zu bieten?«

Da beschloß meine arme Sibylle, die immer alles falsch gemacht hatte, nun als Billy etwas ganz besonders kraftvoll Männliches zu tun. Sie schlug vor, weil sie doch alle Freunde seien, eine Pyramide der Freundschaft zu bauen. Sie werde als Untermann die Basis stellen. Auf ihrer rechten und linken Schulter ertrüge sie gerne Fränki und Siggi.

Das gymnastische Mäxchen möge sich, gelernt balancierend, auf die linke und rechte Schulter von Fränki und Siggi stellen und so die Pyramide krönen. Freilich wäre auch ein Handstand, den das Mäxchen hochoben vollzöge, erwägenswert. Doch müsse zuerst auf halber Höhe, also ohne Billy als Untermann, fleißig geübt werden. Allerdings bitte sie um barfüßige Besteigung. Und vielleicht könne man den einsamen glatzköpfigen Blutegelmann unten am Seeufer fragen, ob er so freundlich sein wolle, von der gelungenen Freundschaftspyramide mit Billys idiotensicherem Fotodingsbums ein paar Erinnerungen zu knipsen. Das sei doch immerhin was. Das sehe man sich hinterher gerne wieder mal an. Nein nein, sie schaffe das schon als Untermann.
So geschah es mit Unterbrechungen und Zwischenfällen. Das Mäxchen übte auf Fränkis und Siggis linker und rechter Schulter, während Billy zuschaute, den Handstand, bis es klappte. Fränki und Siggi zogen Stiefel und Schuhe aus. Das Mäxchen lief zum See und fragte den vereinzelten Glatzkopf, ob er paar Aufnahmen knipsen wolle. Der wollte und zog sich die letzten Blutegel ab. Mit gespannten Schenkeln und Knallwaden ließ sich Billy von Fränki und Siggi, wobei das Mäxchen Hilfe stellte, nacheinander besteigen. Aber dann, plötzlich launisch, weigerte sich das Mäxchen, die Pyramide zu krönen. Das sei doch alles Quatsch und eine ausgemachte Furzidee. Außerdem lasse sich das Mäxchen nicht von einer Trine Vorschriften machen. Wo komme man da hin. Lieber wolle es noch einmal die langstämmige Kiefer rauf.
Also stieg Fränki von Billys linker Schulter, während Siggi

rechts die Position hielt. »Entweder du spurst, oder es setzt was!« schrie Fränki.
Doch das Mäxchen maulte: »Nix hast du mir zu sagen. Mach, was ich will.«
Da bekam das Mäxchen linksrechts von Fränki eins zwei geschallert: Zackzack! »Wirste nun? Immer noch nich? Zack zack! Besser jetzt? Oder noch was gefällig? Na also.«
Schließlich stand das Mäxchen weinend auf Fränkis und Siggis Schulter, die beide auf den Schultern meiner armen und aus Mitleid mit dem geohrfeigten Mäxchen weinenden Sibylle standen. Fränki und Siggi blickten grimmig. Den Handstand wagte das Mäxchen nicht. Aber auch so wurde es ein gelungenes Foto, das der hilfswillige Glatzkopf nach zwei verwackelten Aufnahmen machte. Siggi hat das Foto der Pyramide der Freundschaft später, als sie keine Hunde mehr züchtete und freiberuflich tätig war, riesengroß vergrößern lassen und an eine ihrer Mansardenwände gepinnt.
»Verdammt noch mal!« sagte die Anklägerin Sieglinde Huntscha, wenn sie nach der Bedeutung des grobkörnigen Großfotos gefragt wurde. »Das alles und noch mehr hat unsere Billy ertragen müssen.«

Natürlich wurde die Freundschaftspyramide, der Billy den Untermann gestellt und die das Mäxchen, auf Fränki und Siggi fußend, gekrönt hatte, weil sie am Vatertag glücklich getürmt (und geknipst) wurde, nicht nur von der benachbarten Gruppe korporierter Studenten in vollem Wichs gesehen, sondern fiel auch am anderen Ufer des Grunewaldsees auf, wo die schwarzgelederten Jungs ihre schar-

fen Messerspiele beendet hatten und endlich mal was erleben wollten. Ich weiß nicht, ob die studierten Säufer sich einer sogenannten schlagenden Verbindung zurechneten, ob ihre Korporation Teutonia, Saxonia, Thuringia, Rhenania, Friesia oder nur schlicht Germania hieß. Ich habe auch keine Lust, in einschlägiger Literatur nachzulesen, welche Aufgaben, Pflichten und Rechte Burschen und Füchse haben. Schmisse vom Mensurenschlagen hatten die Bengel keine. Dickliche und langaufgeschossene Figuren, von denen einige Brillen trugen. Jedenfalls kamen sie näher, als noch die Pyramide stand und gerade geknipst wurde. Und auch die schwarzen Engel vom gegenüberliegenden Ufer hatten zwei motorisierte Kundschafter geschickt, die allerdings zu spät auf der Seeuferböschung Position bezogen: Die Freundschaftspyramide hatte sich aufgelöst. Nie wieder sollten die vier so getürmt sein. Nie wieder hat ihre Freundschaft einen soliden Untermann gefunden. (Ach, Mäxchen, was ist aus dir geworden? Macht irgendwo – glaub in Wiesbaden – Krankengymnastik. Und Fränki? Ist in Hamburg ganz groß ins Immobiliengeschäft eingestiegen. Und Billy? Ach Billy! Einzig Siggi ist mir noch habhaft mit ihren Anklagen ohne Maß ...)
Dennoch befanden sich die korporierten Teutonen oder Rhenanen, angedunt wie sie vom Exsaufen waren, immer noch auf dem Vormarsch, während die schwarzen Engel auf Motorrädern, denen kein Zubehör fehlte, wie versteinert sitzen blieben. Die Saxonen quatschten dumm; die Schwarzgeledderten sagten kein Wörtchen.
»Großartig! Phänomenal! Ganz exorbitant!« rief ein Teutone mit Brille.

Ein anderer rief: »Da capo! Da capo!«
Worauf alle korporierten Studenten die Freundschaftspyramide noch einmal getürmt sehen wollten. »Meine Herren, wenn es nicht zuviel verlangt ist, würden wir gerne dieses ungemein extraordinäre Spektakel noch einmal sehen wollen.«
Aber Fränki winkte ab: »Is nich. Feierabend. Macht mal rüber zu euch, Jungs. Wir sind hier für uns.«

War es Instinkt, war es Erkenntnis? Hatte meine mollige Billy ihnen den Star gestochen? Plötzlich das böse Wort: »Aber das sind ja. Unerhört! Eine Zumutung! Weiber! Ganz ordinäre Weiber! Will man uns nun auch den Vatertag durch Obszönitäten blessieren?«
Und ein dickes Semester mit Brille zwängte sich in die Rolle des Sprechers: »Meine Damen – oder was immer Sie sind. Ihre Anwesenheit allgemein und insbesondere auf diesem heute ausschließlich dem Vatertagsvergnügen vorbehaltenen Terrain wird von uns mit Abscheu und Protest, jawohl, mit Protest vermerkt. Man darf wohl von einem Skandal sprechen. Fern aller sittlichen Norm geht hier Ungeheuerliches vor. Nicht daß wir ausgemachte Weiberfeinde wären. Im Gegenteil. Ganz im Gegenteil. Sind doch die Frauen, wie schon Goethe sagt, silberne Teller, auf oder in die wir Männer sozusagen goldene Äpfel legen. Aber heute – und bei allem Respekt vor Ihren circensischen Darbietungen – gilt das nicht, meine Damen. Das verstößt gegen jedes Prinzip. Hier muß unsererseits ein deutliches Machtwort gesprochen werden. Bevor Sie diese Gefilde umgehend räumen, müssen wir um eine Erklärung bitten.«

Da standen schon Fränki, Siggi, Billy und das Mäxchen abwehrbereit. Fränki hatte den Feuerhaken gefaßt. Siggi drehte ihren Siegelring, dem zur Handfläche hin ein kurzer und stumpfer Dorn wuchs, nach außen, so daß er zum Schlagring wurde. Das Mäxchen bewaffnete sich mit dem vierbeinigen Eisengrill. Nur Billy stand mit bloßen Händen, doch wortgewaltig gegen die korporierte Übermacht: »Was muß ich hören? Platzverweis? Ihr wollt uns? Daß ich nicht lache! Männer? Ihr krummen Hunde wollt Männer sein? Mit Komplexen gepfropfte Hinterlader seid ihr. Nicht abgenabelt. Am Fließband gefertigte Ödipusse. Hat euch Mutti etwa die Brust verweigert? Habt ihr als Säuglinge nicht genug nuckeln dürfen? Hat man euch schreiend in eurer Pisse blaurot werden lassen? Gab man euch Streicheleinheiten zu wenig, draufgezählt Schläge zuviel? Und du, mein Bürschchen! Ja du! Warst du im Hemdchen bibbernd dabei, hast durch den Türspalt gelinst, als Vater und Mutter Schreckliches taten? Hat dich oder dich ein Hündchen geleckt? Und du? War dir dein großer Bruder, die kleine Schwester, der Fratz, im Weg, einfach immer im Weg? Los! Wir tauschen Komplexe. Ein paar hab ich doppelt.«
Sie wichen zurück. Mit und ohne Brille traten sie hinter sich. Kein Schlagring, Eisengestell oder Feuerhaken drängte die korporierten Studenten vom Schlachtfeld, sondern Billys direkte Ansprache, ihr Auswurf: »Schnellwichser! Wichsbengel!«
Und als meine Sibylle plötzlich kehrtmachte, sich die knapp sitzenden Jeans runterpellte und mit gezielter Vorzeige den Teutonen oder Rhenanen ihren venusweißen

Arsch wies, dem auch sogleich ein Furz entfuhr, ergriff die Saxonen und sonstigen Germanen heilloser Schrecken: Sie entwichen in vollem Wichs und verloren dabei zwei drei Brillengestelle und ein Kommersbuch, aus dem das Mäxchen später Studentenlieder sang: Gaudeamus igitur und so weiter …

Gab das ein Gelächter! Fränkis wiehernde Fuhrmannslache. Siggi zeigte beim Lachen beide Zahnreihen geschlossen. Das Mäxchen wälzte sich glucksend und preßte die Oberschenkel gegeneinander, wie es sonst nur Pipimädchen tun. Breitbeinig stand Billy und schickte dem Feind Lachsalven nach. (So hatten sie bei der Jagd auf heidnische Litauer und Pruzzen als deutschherrische Ordensritter gelacht: damals im Winterlager zu Ragnit. So hatten sie als schwedische Reiter den fliehenden Kaiserlichen nachgelacht: damals bei Wittstock, als die Papisten allesamt in den märkischen Sümpfen hopsgingen …)
Eine trockene, sich selbst infizierende Lache. Und womöglich wirkte das Gelächter der vier Helden fernwirkend ansteckend, denn auch vom anderen Seeufer wehten Lachfetzen. Überall an den Seen, unter Bäumen, vereinsstark an Tischen wurde gelacht, wenn auch aus anderen Gründen. Humor stand auf der Tagesordnung. Herzhaftes Männerlachen. Schenkel- und Schulterklopfen. Mal richtig so wieder aus voller Brust. Verschluck dich nicht, alter Junge. Ist ja zum Totlachen. Ich lach mich kaputt. Über Witze, zum Beispiel knallharte Männerwitze. Kennste den? Was ist der Unterschied zwischen … Kleinfritzchen sieht, wie sein Vater im Ziegenstall … Graf Bobby hat ein entzünde-

tes Auge ... Der Moses trifft den Abraham im Puff ... In der Hölle begegnen sich Hitler und Stalin ... Da sagte Kleinfritzchen ... Aber Moses, sagte Abraham ... Ach, wenn es nur das Auge wäre, rief Graf Bobby ... Also die Kaffeebohne unterscheidet sich dadurch ... Na, wenn ich das gewußt hätte, sagte Hitler zu Stalin ... Aber da kann doch die Ziege nicht für, sagte Kleinfritzchens Mutter ...
Doch so laut, verhalten, herzhaft und tränentreibend die zehn-, nein hunderttausend Männer ihren Vatertagshumor bewiesen, jene zwei schwarzen Engel, die auf ihren überzüchteten Motorrädern zu Zeugen des großen Gelächters wurden, wollten nicht lachen, mitlachen oder auch nur ein kleines verhuschtes Lächeln aufsetzen. Denen löste keine Pointe das Häkchen. Absolut nichts fanden die komisch. Kein Witz wollte ihnen einfallen. Denen stand Ernst im Gesicht geschrieben. Aufmerksam, als sei das berufliche Pflicht, hatten die beiden in ihrem Schwarzleder den Disput mit den korporierten Studenten registriert: jedes Scharfmacherwort. Die unerhörten Beleidigungen. Wie die männliche Würde verletzt wurde. Billys nackter Arsch, vor dem die Studentchen geflohen waren, hatte sich den beiden – Herby hieß einer, der andere Ritschi – tief eingeprägt: na, wie ein Siegel oder Brandzeichen.

Und kaum war das Gelächter abgeebbt – nur das Mäxchen gluckste noch –, heulten, fauchten und knatterten schon wieder die beiden Motorräder. Nach demonstrativer Schleife über die Seeuferwiese und gekonntem Slalomfahren zwischen den preußischen Kiefern brausten die Zeugen ab, um am anderen Seeufer unerhörte Meldung zu erstatten.

»He, Jungs!« rief ihnen Billy nach. »Warum denn so eilig?«
Als aber die Männer rund um den Grunewaldsee, am Wannsee, im Spandauer und Tegeler Forst sich selbst und anderen gezeigt hatten, was sie konnten (Glasfressen, Steinstoßen, Tauziehen, Bäume raufrunter, Schmerzen ertragen und große Lasten über sich heben), als am Vatertag, der auf Himmelfahrt fällt, in Lübars und Britz, überall im Grünen, als das Gelächter der Männer – leistungsstolz – seinen Höhepunkt feierte und alle sich gründlich ausgelacht hatten – selbst das Mäxchen konnte nicht mehr –, stellte sich Fränki vor eine keusche Birke, die mit paar anderen Jungbirken zwischen den Kiefern stand, und lachte, verlachte alles, aber auch alles, sogar sich selbst in seiner absoluten Größe, bis er die keusche Birke kahlgelacht hatte. Der alte Fuhrknecht und Veteran aller Kriege (er war bei Tannenberg, Wittstock und Leuthen dabei) konnte Birken kahllachen.
Zehn Schritt nahm Fränki Abstand, so daß er das Bäumchen ganz im Schußwinkel hatte. Er schoß Lachsalven gezielt und streuend. Er zog seine große zynische Lachnummer ab. (Nichts war ihm heilig.) Er befahl dem frischen, noch maigrünen Laub einen frühen Herbst und Blätterfall und entlaubte, als Billy, Siggi, das Mäxchen »Mehr! Noch mehr!« schrien, die restlichen rumstehenden Birken, die letzte nur halb, denn inzwischen war das Gelächter überall zwischen Spandau und Tegel und rund um den Grunewaldsee in männliche Trauer umgeschlagen, wie das so üblich ist: aus einem Extrem ins andere.
Alles, auch die haushohe Leistung, was eben noch staunenswert war und fotografiert werden wollte, stieß bitter auf,

schmeckte säuerlich nach und hatte (selbst der ganz eindeutige Triumph von vorhin, als die Studentchen Reißaus nahmen) den Beigeschmack der Sinnlosigkeit. Das Nichts schlug durch. Vatertagselend färbte die geröteten Bäckchen der Herren aschgrau, wo auch immer sie im Grünen abgeprotzt hatten. Bleihaltige Schwermut war jedem Schluck Bier beigemengt. Weltekel. Gallebitter stieß Existenz auf. Aus Urgründen lösten sich Seufzer, stiegen treppauf, drängten ans Licht: fahle Flaschengeister, die den strengen Kieferndu ft der preußischen Wälder nicht lange ertrugen, denn sie platzten, zerflossen und schlugen wie Mehltau nieder, was die Vatertagsmänner auch nicht fröhlicher machte.

Immerhin lösten sich jetzt die Zungen. Man sprach sich aus. Das jahrhundertelange Elend wurde – man war ja unter sich – eingestanden. (»Sei mal ehrlich, alter Junge. Das kann man nur schonungslos auf den Tisch legen. Da hilft kein Schminken. Da hilft nur Offenheit, radikale Offenheit.«) All die Niederlagen, historische und gegenwärtige, in eine lange Latte gekerbt. Aufgespulte Versäumnisse, die abgespult fadenreich genug waren, um dem Mann, der kategorischen Größe, das Totenhemd zu besticken.

»Wir sind doch fertig«, sagte Siggi, »restlos verbraucht. Mit uns ist kein Blumentopf mehr zu gewinnen. Will man sich nur noch nicht eingestehen, als Mann, daß wir ausgedient haben. Vor der Geschichte, die unsere Sache, die einzig Männersache gewesen ist, sind wir gescheitert. Oder politisch gesprochen: Wir verwalten nur noch die Konkursmasse. Die immer noch einmal verschobene Krise.

Um Schlimmeres zu verhüten. Die atomare Abschreckung. Na, und die Mauer? Ekelhaft. Alles ekelhaft!«

Und Fränkis Bilanz »Seit Ende der Steinzeit, als mit Kupfer, Bronze und Eisen die Zukunft losging, haben wir Männer nur noch Scheiße gebaut!« stand wie mit Rauchschrift in den Himmel geschrieben. »Versager! Wir sind Versager!«

Sogar das Mäxchen gab zu, mit dem maskulinen Latein am Ende zu sein: »Manchmal zweifel ich wirklich, ob das richtig gewesen ist, für alles, aber auch für jedes Problemchen die volle Verantwortung zu übernehmen. Das überfordert den Mann. Und zwar jeden auf Dauer. Sollen die Weiber doch mal. Werden schon sehen, was das heißt: für alles und nichts strammstehen müssen. Ich jedenfalls hab das satt. Mir fällt nichts mehr ein. Könnte ne Pause brauchen. Mal fünf sechs Jahrhunderte lang von mir aus abhängig, aber versorgt sein. Ist doch ne Sache: Frauchen zu spielen und sonst nix. Nur mit den Wimpern klimpern und die Votze hinhalten. Ab und zu mal ein Kindchen kriegen. Sich auf Muttertag freuen. Romane schmökern und nebenbei die Geschirrspülmaschine bedienen. Wär dassen Fest!«

Da sagte Billy: »Kannste gleich mit anfangen, Mäxchen. Hilft ja nichts, das Gejammer. Liegen noch immer die Teller unabgewaschen rum. Los, mach mal, hopp. Mit Sand und Seewasser. Ihhh, alles voll Ameisen. Na gut, ich helf dir und trockne ab.« Und Billy hatte sogar (fürsorglich) ein Küchenhandtuch kariert im Freßkorb auf Abruf liegen.

Aber das Mäxchen wollte nicht. Und Geschirrabwaschen

schon gar nicht. Oder noch nicht. Nicht in diesem Jahrhundert: »Laß doch die Ameisen. Die kriegen das schon hin. Die haben schon größere Teller geputzt. Außerdem muß ich nachdenken. Na, über alles und über den Sinn.«
Doch als Billy auf Abwasch bestand und »Nachdenken kannste später, mein Sohn!« sagte, erwachte Fränki aus brunnentiefer Schwermut und sagte aus genauso abgründiger Gewißheit: »Was heißt hier: Mein Sohn? Wenn überhaupt einer von uns, dann bin ich Mäxchens Vater. Und um auch das klarzustellen: mein Sohn wäscht nicht ab. Und am Vatertag schon gar nicht.«
»Genau«, sagte das Mäxchen zu Billy. »Mein Pappi heißt Fränki. Und du bist und bleibst ne Trine. Los! Wasch schon ab den Mist. Und stör uns nicht.«
»Aber«, sagte Billy, schon wieder den Tränen nahe, »ihr könnt mich doch nicht einfach immer nur rumschubsen und zur Minna machen. Ich koch und mach und tu. Aber das heißt doch nicht, daß immer nur ich. Bin doch nicht euer Wischkodder. Ich will gleichberechtigt mit euch. Hab doch auch meinen Stolz.«
Da sagte Siggi: »Wie die Weiber. Streiten genau wie die Weiber. Dachte, das haben wir hinter uns. Entweder sind wir nun alle vier oder keiner. Denk, wir wollen Vatertag feiern – und zwar friedlich. Verstanden!«
»Genau«, sagte Fränki mit Strenge zu Mäxchen. »Hörst du, mein Sohn!«
»Aber dann dürft ihr aus mir auch keine Trine mehr machen wollen«, rief schluchzend Billy.
»Bist aber eine. Ne richtige Tränentrine!« schrie das Mäxchen. »Schluchz schluchz! Tropf tropf!«

»Du bist wohl nicht mehr zu retten!« sagte Siggi und knallte dem Mäxchen eins zwei links rechts. Worauf Fränki brüllte: »Meinen Sohn schlage ich, verstanden! Nur ich!« und trat Siggi gegen das Schienbein. Worauf das Mäxchen, während Siggi in Richtung Fränki eine rechte Gerade landete, Billy ins verheulte Gesicht spuckte. Worauf Billy mit beiden Pfoten dem Mäxchen in die Stoppelhaare ging. Und schon war die Schlägerei perfekt wie damals, als nach der Kapitulation der Sachsen in Pirna die Beute geteilt werden sollte und Fränki sich mit Siggi um einen Karton Konfekt prügelte, in dem viel später die westpreußische Gesindeköchin Amanda Woyke ihre Korrespondenz mit Graf Rumford – dem Spinner – aufbewahrt hat. (Und auch bei anderer historischer Gelegenheit – gleich zu Beginn der Völkerwanderung – hatte es wegen nichts Krach gegeben, bis nur noch die Fäuste ...)
Aus ziemlichem Abstand – einen Steinwurf – guckten die Studenten in vollem Wichs zu. Auch waren schon wieder zwei schwarzgelederte Boten auf Motorrädern in Rufweite. Mäxchens Nase blutete echt. Siggi schlug Fränki ein Veilchen. Fränki kugelte Siggi den rechten Arm aus. Doch am meisten Kloppe bekam Billy, denn als sich Siggi, Fränki, das Mäxchen schon wieder vertrugen und einander die Nasen putzten, den Arm einkugelten, das Veilchen kühlten, heulte die mollige Dickmadame immer noch Rotz und Wasser, was die beiden Motorradfahrer als Botschaft rund um den Grunewaldsee trugen. (Daß auch an anderen Orten, wo überall der Vatertag seinen männlichsten Ausdruck suchte, harmlose Rempeleien, aber auch ernsthafte Tätlichkeiten stattfanden, gab tagsdrauf der Polizei-

bericht bekannt: Hundertzwölfmal wurden die Einsatzwagen per Funk gerufen. Es kam zu Sachschaden. Siebenundachtzig Verletzte wurden gezählt, darunter neunzehn schwere Fälle und ein Todesfall ...)

Oh, ihr Krieger um der Sache willen. Ihr Träumer, die ihr vom Ernstfall träumt. Ihr Helden, immer bereit, den Tod euch vorzudatieren. Ihr Streiter aus Gerechtigkeit. Ihr Sieger über das Leben. Angreifer und Verteidiger. Ihr todverachtenden Männer.
Da überkam die Kämpfer große Müdigkeit. Und auch an anderen Orten wollten die zehn-, die hunderttausend Männer, weil sie sich ziemlich abgestrampelt hatten, mal kurz ein Nickerchen machen. Fränki schnarchte als erster. Dann schlief, auf dem Bauch liegend, alle vier Glieder gestreckt, Siggi ein. Weil aber Billy nicht aufhören konnte zu schluchzen, setzte sich das Mäxchen zu ihr und sagte: »Nu schlaf mal was, Dickmadame. Haben dich ganz schön gezaust, was? Was fängste auch an mit dem blöden Abwasch. Hättste Pappteller mitnehmen sollen. Wenn es noch ne richtige Sache wäre. Achgottachgott. Immer noch ein paar Kullertränchen. Nu penn doch endlich. Oder sag: Die können mich mal! Oder denk dir was Schönes aus. Oder ich erzähl dir zum Einschlafen was. Die Geschichte aus uralter Zeit, als alle Weiber drei Titten hatten. Oder was anderes. Zum Beispiel die Story vom Butt ...«

War mal ne Dickmadame. Die hieß, na wie hieß die schon: Ilsebill. Und die hatte nen Kerl, der hieß Maxe. Sie saß immer zu Haus und lackierte sich die Fingernägel grün.

Er angelte immer nach Feierabend draußen an der Hafenmole. Und während Max angelte und angelte, lag seine Dickmadame, nachdem sie ihre Fingernägel grünlackiert hatte, alleine in ihrer Furzmulde und wünschte sich mal diesen, mal jenen Kerl ins Bett.
Da biß eines Feierabends, als Maxe mal wieder an der Mole angelte, ein Butt an. Das ist ein Plattfisch. Dem stehen die Glubschaugen schräg zum blubbrigen Maul. Der kommt im Märchen vor. Deshalb konnte der Butt sprechen und sagte zu Maxe: »Setz mich frei, denn kannste dir was wünschen.«
Da nahm Max den Butt vom Haken, schmiß ihn ins Meer, daß es klatschte, und sagte: »Och, Butt. Meine Ilsebill, die sone richtige mollige Dickmadame ist, will immer nur knutschen und knuddeln, bumsen und durchgebumst sein, mal mit dem, mal von dem. Mit mir hat sie nie genug. Immer will sie von nem Kerl, der nich ich bin, gestoßen werden. Meine Morchel stinkt ihr. Was mach ich bloß, mach ich bloß?«
»Mit was fürn Kerl will sie denn?« fragte der Butt und guckte querläufig aus dem Wasser.
»Zum Beispiel mit nem Feuerwehrhauptmann in Uniform«, sagte der Angler Maxe und blickte über die glatte See; er angelte nämlich in der Ostsee.
»Bist schon einer mit Knöpp und mit Tressen«, sagte der Butt und tauchte.
Da stieg das Mäxchen uniformiert zu seiner Ilsebill ins Bett und nahm sie zwischen, daß ihm die Knöpp absprangen. Und das so lange, bis Ilsebill den Hauptmann satt hatte und mit ihren strammen Beinchen zappelte, wobei

sie jammerte jammerte: »Ach, hält ich doch nen richtigen Staatsanwalt drin.«
Da machte der Butt aus Maxe, als ihn Max aus der leicht gekräuselten See rief, einen Staatsanwalt in Robe, mit Hornbrille und schwarzem Deckel drauf. Und als Ilsebill auch dessen Stinkmorchel nicht mehr riechen konnte und sich einen echt neurotischen Anarchisten in die Federn wünschte, legte der Butt ihr einen mit Strumpfmaske getarnten Terrormaxe samt tickender Bombe ins Bett; da machte die Ostsee schon kleine, kurzatmige Wellen.
Das flutschte auch eine knappe Woche lang, weil Ilsebill den Typ »irrsinnig interessant« fand. Doch als sie endlich begriffen hatte, daß auch Terroristen nur zwei Eier im Sack haben, sagte sie: »Möcht mal wissen, was an dem Typ besonders sein soll. Quasselt mittendrin immerzu Politik und denkt was ganz anderes. Nu wünsch ich mir nen stinkreichen Präsidenten zum Maßnehmen und Abgewöhnen.«
Da ließ der Butt Maxe, der ihn bei Windstärke fünf bis sechs gerufen hatte, als Bundesbankpräsident in einem silberblauen Mercedes bei Ilsebill vorfahren. Der Präsident war überall, auch um den Schwanz rum, graumeliert. Als Ilsebill auf ihre mollige Art den Kapitalismus bewältigt hatte, wollte sie nun, nach nur kurzem Zwischenspiel, von einem bierärschigen Gewerkschaftsfunktionär und – während Sturmböen die Ostsee gefährlich machten – endlich von einem drahtigen Filmstar, und zwar live und voll ausgeleuchtet, zwischengenommen werden.
Da schrie der Butt bei Windstärke zehn: »Deine Ilsebill kriegt wohl das Loch nicht voll. Immer mehr! Immer

mehr!« Trotzdem machte er, ziemlich lustlos, aus dem Gewerkschaftsboß Maxe einen richtigen Belmondo, der, während die Kamera surrte, im Hechtsprung (vom Schrank) unserer Ilsebill ins Himmelbett segelte, wo er sogleich dolle Fleisch-, Beiß- und Aufreißszenen abriß, mit Einblendungen anderer Aufreißszenen aus anderen Filmen.
Doch als Ilsebill auch den, bis er wirklich komisch wurde, leergemolken hatte, schrie sie nimmersatt: »Nu will ich nen Symphoniker mittem Taktstock mittendrin haben!« Danach trompetete sie das Schicksalsmotiv.
Da seufzte der Butt, als ihn Maxe, schräg gegen den Orkan stehend, gerufen hatte, meerestief, machte aber aus ihm im Handumdrehen einen Topdirigenten, der alles auswendig dirigieren konnte. Als aber Ilsebill auch den, nach dreimal da capo, vernascht hatte, weinte die Dickmadame paar Kullertränen und bibberte: »Immerzu Interpreten. Nichts ist mehr original. Alles aus zweiter Hand. Nu soll mich mal Olle Beethoven von vorn und hinten geigen.«
Doch als ihm Maxe erschöpft Bericht gab, rief der Butt aus seinem entfesselten Element heraus: »jetzt ist genug! Was zuviel ist, ist zuviel. Hände weg von unseren Klassikern. Von heut an kriegt sie nur noch – und ewiglich – ihren Max schlecht und recht verpaßt. Jeden Sonnabend nach dem Angeln.«
Sogleich hörte das Unwetter auf. Bald lag glatt und harmlos wieder die See. Und große Federbettwolken segelten über den Himmel.
So mußte sich Ilsebill mit ihrem Maxe abfinden. Fortan lebte sie nur noch von Erinnerungen. Die waren aber angenehm ...

Das sagte das Mäxchen zu Billy, die unter seinen Worten eingeschlafen war. Getrocknet hatten die Kullertränen bißchen Salz hinterlassen. Fränki schnarchte noch immer wie ein kanadischer Holzfäller. Gestürzt – ein gefallener Engel – lag Siggi bäuchlings. Das Mäxchen kuschelte sich an die mollige Dickmadame und beschloß kurz vorm Einschlafen: »Ich will ihr ein Kind machen, Kind machen, Kind machen ...«
Auf dem Sandhügel, zwischen den preußischen Kiefern, saßen auf ihren Motorrädern zwei Schwarzgelederte und überschauten ernst die friedliche Szene.

Was im Tiefschlaf wummert. Träume im Schleppnetz. Alles ist wirklicher und findet verzögert statt. So träumte ich kürzlich: Ich bin eine hochschwangere Frau, die vor dem Hauptportal des Kölner Doms, zu Füßen der Türme, nachmittags, während der Hauptgeschäftszeit, mit einem Mädchen niederkommt, das gleichfalls schwanger ist – meine Ilsebill – und knapp nach mir aus schwieriger Steißlage einen Knaben gebiert, der jedoch buttköpfig ist: schiefmäulig glubschäugig quersichtig. Aus der Hohen Straße und vom Hauptbahnhof kommen Passanten mit Einkaufstaschen gelaufen, umstehen unsere Doppelgeburt und rufen: Ein Wunder! Ein katholisches Wunder! Worauf der buttköpfige Sohn meiner Tochter aus mir zu den Passanten spricht. Er erklärt ihnen den Sinn des Lebens, die weltpolitische Lage, Preisschwankungen bei Grundnahrungsmitteln und die Notwendigkeit der Steuerreform. »Kurzum«, sagte er, »wir leben auf Kosten ...«

Als Fränki erwachte, war es Mäxchens Ruf gewesen – »Ich will einen Sohn zeugen!« –, der zuerst Fränki und gleich darauf Siggi aus dem nachmittäglichen Vatertagsschlaf riß; denn auch Siggi und Fränki hatten, wie das Mäxchen, den großen, eindeutigen, jede Nebenhandlung löschenden, nur auf sich bestehenden Zeugungstraum gehabt, der tiefer wummert als je gedacht und dessen urdumme Kraft sich auch dort steilt, wo die Natur nichts geplant hat.
Doch so unbekümmert um ihre Beschaffenheit alle drei geträumt hatten, nur dem Mäxchen war der fordernde Ruf nach dem Sohn, der gezeugt sein will, aus dem Schlaf in den frühen Abend hinein gelungen, so daß nicht nur Fränki und Siggi geweckt wurden und zeugungswütig »Ja! Ja!« riefen, sondern hell angestoßen das Mäxchen sich selbst aus dem Schlaf brachte mit seinem Trompeterwillen, während Billy, der mollige Engel, wie ahnungslos schlummerte, obgleich alle drei, der Fuhrknecht Fränki, der Held Siggi und die Stahlfeder Mäxchen, Vater sein wollten aus ihr: Sie war der Nährboden. Ihre umkrauste Möse sollte dreimal heimgesucht, ihr Fleisch beschattet werden. Die Dickmadame war gemeint. In Billy wollten sie ihr Kapital anlegen. In ihr sich fortwuchern. In ihrer Körperlichkeit gründete dreimal Hoffnung auf einen Sohn: Jajaja!
Das Mäxchen, das zuerst gerufen hatte, wollte natürlich zuerst. Und während die beiden verspäteten Jarufer noch mit dem Mäxchen stritten, wer den Vortritt beim großen Zeugen haben sollte (und während überall in den Wäldern um die Berliner Seen abertausend Männer ihr Nickerchen beendeten und mit tiefwummernden Zeugungswünschen erwacht waren), schlief Billy immer noch engels-

gleich und träumte auf Federbettwolken von einem freiwilligen Feuerwehrhauptmann mit dirigierendem Taktstock, vom schwarzrobigen Staatsanwalt, in dem ein Terrorist steckte, von Beethoven, der ihr im Hechtsprung kam, von immer rascher wechselndem Herrenbesuch und allerneuesten Attraktionen und Wünschen, die in Erfüllung gingen.

Es war aber das Mäxchen, dem Fränki und Siggi den ersten Stoß vergönnt hatten. »Laß mal den Jungen. Der muß sich abstrampeln.«

Während die zwei abwartenden Väter ihren Schatten warfen, pellte der junge Möchtegernvater – »Immer sachte, mein Sohn«, mahnte Fränki – von Billys tiefschlafendem Fleisch die Jeans, die Schlüpfer auch, so daß es pfingstlich duftete.

O dumme Unterlassung der Natur! Nun mußte das Mäxchen sich doch mit dem Kunststoff gürten, nachdem des ersten zeugungswütigen Vaters Hosen gefallen waren und das Nichts offenbar wurde. Jaja, es war ja alles griffbereit. Gleitsalbe auch. Das unterscheidet den Mensch vom Tier: daß ihm zu allem, was ist oder fehlt, Ersatz einfällt. Wir wissen uns schon zu helfen!

Zwischen Gebüsch lag Billy auf ihrer Kamelhaardecke und atmete traumgerecht. Kein Blick der bebrillten und nichtbebrillten Korpsstudenten konnte sich irgendwas abgewinnen. Die hingen viel zu besoffen in ihrem Wichs, um Anteil nehmen zu können. Nur die Schwarzgelederten auf ihren Maschinen waren Zeugen vom Hügel herab, als zum erstenmal in Billy hinein willentlich und kraft Glaubens gezeugt wurde.

Wie zärtlich der Junghengst das besorgte. Wie sich Natur leicht betrügen läßt. Was alles beim Freilufttheater möglich ist. Man muß nur improvisieren können und sich den Rest ausmalen. Man muß mit Einfällen wunderbarer Art die Löcher in unserer löchrigen Existenz stopfen. Man kann durch Glaubensstärke was nicht ist dennoch sein lassen, ganz ohne Zwinkern. Denn wenn Oblatengebäck des Herrn Jesu Fleisch und gewöhnlicher Landwein sein Blut sein können, dann kann auch ein kunstvoll erdachtes Zwischenstück (viel edler geformt als die übliche Stinkmorchel) Heil bringen oder zumindest ein bißchen Erlösung. Ach, ihr Rammler, Böcke, Hengste und Bullen, wie dumm seid ihr von Natur her beschaffen! Ihr Erpel und Gockel, nur das fällt euch ein. Ach, ihr natürlichen Väter! Was wißt ihr, wenn euch was abgeht, von jener überwirklichen Zeugung, die der Natur nur andeutungsweise bedarf?

Nachdem sich das Mäxchen ideell bewiesen hatte, kam Siggi zum Zug. Und immer noch wollte Billy ihren Traum nicht aufgeben. Immer noch sahen die Schwarzgelederten vom Hügel herab in sich hinein, was sie sahen: das Unerhörte. Die ganz dicke Sauerei. Den Kunstfick. Die Beleidigung aller vatertäglichen Saubermänner: Denn die beiden Burschen in Leder waren, als Siggi die schlafende Billy heimsuchte, um die Unschuld ihrer chromreinen Motorräder besorgt und verhängten die jeweils drei Frontscheinwerfer der 500-ccm-Maschinen mit ihren Lederjacken. Ähnlich verschämt wechselten die Krähen von einer nah stehenden Kiefer zur übernächsten. Das alles war ungesehen noch schlimm genug.

Also sahen die Krähen und Motorräder nicht, daß nun auch

Fränki die Hosen fallen ließ und sich mit dem bedeutenden Kunststoff gürtete. Jetzt aber versagte das Sakrament, kaum war es eingeführt worden. Billy erwachte. Flöten ging ihr der Traum. Die Wirklichkeit hieß Fränki. Den wollte sie abschütteln. Der blieb aber stößig. Den wollte Billy nicht. »Nein nein!« schrie sie. Siggi und das Mäxchen mußten sie links rechts halten und ein bißchen kreuzigen. Denn mittendrin aufhören wäre nicht fair gewesen, Fränki gegenüber, dem alten Fuhrknecht.
»Wirst du die Fresse halten!« rief das Mäxchen. »Is ja gleich fertig«, versicherte Siggi. Und nach ein paar Stößen, die Billy nur noch leise wimmernd ertrug, meinte Fränki, den Übersohn gezeugt zu haben. Richtig schlapp machte er ein Weilchen und sagte dann, von Billy steigend: »Na also. Was soll das Geschrei. Jetzt fühl ich mich gleich um ne Nummer besser.«
Natürlich weinte Billy, nachdem ihr so geschehen war. Sie weinte für sich und wollte vom Mäxchen keine Tränen getupft bekommen. »Gemein«, sagte sie. »Ihr seid gemein. Mein Gott, seid ihr gemein.«
Schluchzend zog sie sich die Schlüpfer, die Jeans hoch und ließ den Reißverschluß funktionieren. Die Krähen kamen zurück. Auf dem Hügel enthüllten die beiden Burschen die Scheinwerfer ihrer Motorräder und saßen wieder ganz in Leder. Vom See her wehte ein Abendlüftchen. Die Mükken waren jetzt zahlreich.
Da sagte das Mäxchen Trostwörter: »Hast einfach zu süß ausgesehen im Schlaf. Ne richtige Unschuld. Konnt man nicht widerstehen. Sind ja man sachte gewesen. Und wenn nich Fränki wie ne geballte Ladung, dann hättste bestimmt

nix gemerkt. Komm, nu sei wieder lieb. Ich helf dir auch die paar Teller abwaschen. Blitzblank. War ja nicht so gemeint. Und wenn du dir die immer noch wünschst, kriegste für zu Haus ne neue Quelle-, Miele- oder Bosch-Geschirrspülmaschine mit allem Drum und Dran.«

Und auch Siggi sagte: »Das mußte sein. Jetzt erst ist richtig Vatertag. Hoch die Tassen. Hier Billy. Nimm mal neu Schluck aus der Pulle.«

Und Fränki ließ eine Bierflasche schnalzen und trank, der Natur zuprostend, auf den dreimal gewollten Sohn.

Doch Billy wollte nicht lieb sein. Sie wollte auch mit Mäxchen keine Teller abwaschen. Niemandem wollte sie zuprosten. Langsam, als hinge noch Schlaf an ihr, stand sie auf, machte ein paar unsichere Tippelschrittchen und sagte dann fest: »Ich geh jetzt. Mit euch will ich nie wieder. Das habe ich nicht gewollt.«

Und jeden einzeln, Fränki, Siggi, das Mäxchen voll in den Blick nehmend, sagte sie: »Wenn ich das will, nehm ich mir nen richtigen Mann. Der ist mir lieber. Das sag ich euch als Frau. Habt ihr verstanden! Als Frau.«

Wie um anders, neu, genauer zu sehen, setzte sie ihre Brille auf, die sie sonst nur beruflich benutzte. Dann ging Billy, ohne durch die Hornbrille hinter sich zu schauen. Nachprüfbar ging sie Schritt nach Schritt. Die Krähen folgten ihr von Kiefer zu Kiefer. Die auf den Motorrädern sahen, in welche Richtung sie ging, und ließen ihre Maschinen anspringen, um die neueste Nachricht um den Grunewaldsee zu tragen.

Wohl doch betroffen, sahen das Mäxchen, Siggi und Fränki der Schritt nach Schritt schwindenden Billy nach, auch wenn Fränki leichthin sagte: »Reisende soll man nicht aufhalten.«

Darauf soffen die drei nur noch Bier auf Schnaps, Schnaps nach Bier in sich hinein und hielten so den Vatertag bis in die Dämmerung aufrecht. Woanders mochte von der Bundesliga, von Toto und Lotto, von der Einkommensteuer und von Spesen die Rede sein; die drei übrigen Helden jedoch zählten auf, wann, wo und wie oft sie in zurückliegenden Jahrhunderten ihre Zeugungskraft bewiesen hatten. Mag sein, daß der Schnaps ihnen half, die Zeit aufzuheben.

Das Mäxchen erzählte, wie es den langen Dreißigjährigen Krieg über mal hier, mal dort, als Magdeburg brannte, im westfälischen Soest, vor Breisach, gleich nach der Schlacht bei Wittstock und auch während ruhiger Etappenzeit seine Scherflein in hundert Sparbüchsen vergeudet hatte. »Das war, als ich Axel Ludström hieß. Da lagen wir als Oxenstiernas Leibregiment auf der Halbinsel Hela. Lauter kaum beflaumte schwedische Reuther. Das war im Mai, als ich mir eine kaschubische Marjell, Agnes hieß die, in einer Dünenmulde aufriß. Und die anderen Jungs gingen auch kurz mal drüber ...«

Siggi hingegen gefiel sich als polnischer Ulan und malte farbig aus, wie der junge heldische Graf Woyczinski der spröden Köchin des Napoleonischen Gouverneurs Rapp im tiefen Wald begegnete, wo sie im Körbchen Pilze für des Gouverneurs Küche sammelte: »Doch als ich vom Pferd stieg, ihr Händchen küßte und ein paar blumige Sachen sagte, konnte die Marjell natürlich nicht widerstehen.

Wir lagen auf Moosgrund. Um uns standen Morcheln, Pfifferlinge, Boviste, breitschirmige Parasole. Ach, rochen die Pilze! Ach, waren wir sattsam ein Fleisch. Welche Lust! Nur die Ameisen störten. Sophie hieß sie. Später hat sie uns alle, das patriotische Aas, mit einem gefüllten Kalbskopf vergiftet. Nur Rapp kam davon. Dennoch habe ich nichts zu bereuen ...«

Und Fränki schließlich erzählte lang breit, wie er es als preußischer Dragoner, zu Ollefritz' Zeiten, einer Gesindeköchin zwischen den Schlachten besorgt hatte. »Meine gute Amanda. Ob nach Roßbach, Kunersdorf, Leuthen oder Hochkirch, wann immer ich meine Blessuren bei ihr auskurierte, jedesmal schlug es an. Nach siebenjährigem Krieg hatte ich entsprechend viel Söhne gezeugt und wurde deshalb Domäneninspektor. Die Kaschubei! Herrliche Sandböden! Worauf ich mit Zucht und Strenge in Preußen den Kartoffelanbau durchgesetzt habe. Dabei standen mir meine Söhne bei, alle sieben ...«

Und ähnliche Taten mehr, bis Siggi sagte: »Sie ist nun mal überempfindlich. Ich weiß nicht. Wir hätten sie doch nicht einfach so gehen lassen sollen. Womöglich kriegt sie Ärger. Laufen doch nur noch besoffene Kerle rum, die keinen Spaß verstehen.«

»Los, packen wir!« rief Fränki und trat dem Mäxchen, das nicht hoch wollte, in den Arsch. Rasch verstauten sie den Eisenrost, die unabgewaschenen Teller, die Kamelhaardekke, die leeren Flaschen, was sonst noch rumlag – nur Billys Zylinder blieb liegen – auf Fränkis Dreiradauto und fuhren los: Billy suchen. (Auch die benachbarten Korpsstudenten brachen auf, singend: »Hoch auf dem gelben Wagen ...«)

Mit ihrem Dreiradkarren, dem Automobil aus fünfter Hand, dem flotten Wägelchen für Schnelltransporte und Kleinumzüge, mit Fränkis Gefährt durch dick und dünn, vorsintflutlich, steinzeitlich, außer jeder Mode und gerade noch – nach letztem TÜV – zugelassen, mit ihrem fahrbaren Untersatz, auf dem Siggi und das Mäxchen zwischen den Vatertagsutensilien, den rollenden Bierflaschen und nicht abgewaschenen, nun einer nach dem anderen zerscherbenden Tellern saßen, während der Fuhrmann Fränki am Steuer den wirren Kurs hielt – »Wir finden dich! Finden dich, Billy!« –, mit ihrer verläßlichen Karre fuhren sie, übriggeblieben zu dritt, über Stock und Stein rund um den Grunewaldsee, der ganz still lag und Abendrot spiegelte, hin zum Jagdschlößchen, Forsthaus und zurück um den See, dann auf Seitenwegen, umdämmert vom Abend, inmitten der überall aufbrechenden Vatertagsgesellschaft, stumm, eingesargt im Gegröl der halb- und volltrunkenen zigtausend Männer – nur Siggi knirschte, während das Mäxchen vor sich hin flennte, zwischen Schmallippen: »Haut einfach ab. Läßt uns sitzen. Versteht keinen Spaß. Wie ne beleidigte Leberwurst ...« –, bis sie auf einem Seitenweg, der von einem Seitenweg zweigte, im Dämmerlicht etwas Knautschiges ahnten, das sich mitten auf dem Sandweg, den freiliegende Wurzelstrünke holprig machten, im Licht der Frontscheinwerfer des Dreiradkarrens deutlich als ein Häufchen Jeans bewies.

»Das sind Billy ihre!« riefen Fränki, Siggi oder das Mäxchen. (Seitab lagen der blauweiß gestreifte Pulli, der Tittenhalter.)

Ganz einsam (mutterseelenallein) war sie kreuzquer gelaufen: immer tiefer hinein in den Wald. Denn am See, auf den Lichtungen, vor den Erfrischungsbuden wurde sie angepöbelt: »Kiek die Trine!« und angemotzt: »Was willen die hier an Vatertag?« – »Die juckt es wohl, was?«
Nur noch für sich sein. Alles zurückgenommen. Sie hatte sich in ihre Einsamkeit eingepuppt. Auch die wärmt ja und gibt sich gesellig. Es war ihr (das sagte sie vor sich hin) wie Schuppen von den Augen gefallen. »Da mußten die erst kommen und mir Bescheid stoßen.«
Was für ein neues Gefühl: Frau sein. Wenn auch einsam verrannt. Doch nun entschlossen und ohne Umkehr. Schiffe verbrennen. Brücken einreißen. Nach vorwärts weisende Sätze bilden: »Ich komm aus ner Flüchtlingsfamilie. Ich hab als Kind schon was durchgemacht. Ich kenn das: neu anfangen. Das liegt hinter mir, endgültig hinter mir. Wieder bei Nullkommanull beginnen. Und wo man mal aufgehört hat. Nein, Heidilein wird nicht mehr bei den Großeltern gelassen, sondern – die hol ich rüber – ein richtiges Zuhause haben. Braucht doch Zärtlichkeit, son Kind, und mütterliche Wärme. Die hab ich noch und noch. Einfach lächerlich: als wenn ich mir keine Geschirrspülmaschine selber. Da brauch ich doch die nich. Das sind doch nur Verirrungen, durch die man durch muß. Ich will. Und zwar als Frau. Und zwar eindeutig. Ich werde ...«
Zwischen Mischwald, Gebüsch, auf Haupt- und Nebenwegen, über Nadelböden und Moosgrund, immer tiefer hinein in den Grunewald trug Billy die schöne Vatertagserkenntnis: »Ich bin eine Frau, eine Frau, eine Frau!« Rausgejubelt das Lockwort. Laut angeboten das schwache

Geschlecht. Als Köder, doch nun triumphierend das Wörtchen »Dickmadame« gestreut.
Und sie bissen auch an. Hatten sie nie aus dem Auge verloren. Waren fährtenkundig. Von Baum zu Baum halfen oben die Krähen. Und sie stöberten sie auf, die sieben schwarzgelederten Hechte. Kamen auf ihren noch abgedunkelten Maschinen über Haupt- und Nebenwege gezukkelt. Eher gutmütig brummelten die Motoren. War ja alles nur Spiel. Wollten nun mal was Lebensechtes erleben. Schossen plötzlich ihr Licht aus dreimal sieben Scheinwerfern ab, trieben Billy, die Frau, die Dickmadame, das nun doch ein wenig verschreckte Häschen vor sich her, mal hier-, mal dahin, in windstille Abzweigungen, wo nur noch Butterbrotpapier und Bierflaschen vom Vatertag zeugten.
Noch rief Billy: »Hallo Jungs! Hört doch auf mit dem Quatsch! Kommt, wir trinken friedlich paar Schnäpse am Roseneck oder sonstwo ...« Aber da hatte sich schon der Kreis geschlossen. Schnapp! machte die Falle. Das lief ab nach bekannter Regie. In diesem Film gab es kein Entrinnen. Das Ende war vorgeschrieben.
»Runter die Plünnen!« sagte einer ganz leise. Jetzt brummelte auch kein Motor mehr. Im vereinigten Licht, wie im Vollbad stand Billy mollig drollig tapsig in gleißender Lockenpracht und gehorchte ein wenig geniert. Deshalb behielt sie die Schlüpfer an und die Schuhe und Ringelsocken. Mehr wollte sie nicht: auf keinen Fall! (»Ihr glaubt doch wohl nicht im Ernst ...«)
Der Hase brach aus, rief: »Bei euch piept's wohl!«, schlug Haken, als sieben Motoren wieder gutmütig brummelten.

In eine Schneise hinein lief Billy, kurvte um Baumstämme, brach prasselnd durch Knieholz, lief lief, bis sie fiel, weich auf Nadelboden und alle sieben wieder um sich hatte. »Bitte, Jungs, bitte ...«
Aber die sagten nur gar nichts oder nur »Sau!« zu ihr. »Na warte, du Sau!« – »Dich reißen wir auf, du Sau!« – und hatten schon ihre Lederhosen offen. Und hatten einer nach dem anderen, wie auf Befehl, einen Ständer. Und standen an zur Kommunion. Und fanden das ganz normal. Und rotzten einer nach dem anderen ihren Rotz in sie rein, daß Billy überlief. Traten sie auch, bevor sie, nachdem sie, mit ihren Extrastiefeln: »Drecksau, verdammte!«
Und einer schob ihr, als alle fertig waren, einen knackigen Tannenzapfen in die Wunde: »Na lauf, du Obersau, lauf schon!«
Aber Billy wollte konnte nicht mehr. Nur noch Kullertränen. Und eine Leere, die sich als letzter Wunsch auftat: Oh. Mit ihren gedrosselten Motorrädern schoben sie Billy an, schubsten, pufften sie – »Nu mach schon!« –, bis einer, dann der nächste kurz Gas gab und über Billys Beine, ihren Bauch rollte. Nun erst, weil alle sieben immer das gleiche taten, die anderen auch: drüber und nochmal drüber. Ernsthaft und mit Gründlichkeit.

War das noch ein Mensch? So fanden Fränki, Siggi und das Mäxchen abseits der Schneise ihre Billy: auf Nadelboden zum Klumpen gefahren. Daneben kaputt die Brille. Da war kein Stückchen Schönheit mehr geblieben. Da war alles Leben raus. Da konnte man nur noch – und Fränki sagte das – »Scheiße!« sagen. Das Mäxchen kotzte beiseite

gegen einen Baumstamm. Fränki tobte mit Fäusten gegen sich: »Gottverdammt!« Deshalb mußte Siggi sachlich bleiben. »Wir müssen sie liegen lassen, hier. Und anrufen von unterwegs. Da ist momentan nichts zu machen.«
Also fuhren sie mit ihrem Dreiradauto für Schnelltransporte und Umzüge aus der Schneise über Neben- und Hauptwege und ließen die tote Billy im Wald. Über die Clayallee fuhren sie als Teilnehmer des rückläufigen Vatertagverkehrs bis zum Roseneck, wo Siggi ausstieg und in der Telefonzelle neben der Bushaltestelle verschwand. Fränki blieb hinterm Steuer sitzen und reinigte seine Pfeife. Das Mäxchen hatte keinen Kaugummi mehr. Siggi meldete durchs Telefon: »Da müssen Sie von der Clayallee rechts ab, ja genau, und dann wieder rechts, dann links, nochmal links, dann rechts in die Schneise rein. Und nach fuffzig Schritt liegt da paar Schritt links ab ne nackte Frau tot. Jadoch. Richtig. Sage ich ja.«
Danach ging das Leben weiter.

Entwurf weiblich

Mit wechselndem Antrieb: rumgekommen bin ich schon.
Wurde mit meiner Nase vor Berge gestellt. Ließ mich in
Tälern, zwischen sanfter Hügelei zerstreuen. Aber geblie-
ben – schwör ich dir, Köchin – bin ich auf flachem Land.
Der Teller mit Himmel drauf.
Oder blankgeleckt: so viel Platz
für größeren Hunger und für Entwürfe,
die sich nirgendwo stoßen.
Schon rollen die Augen beide von Rand zu Rand. Ich lege
deinen Leib ins Werder oder dorthin, wo ich neuerdings
Stuhl Tisch Bett habe, über die Wilstermarsch.
Sagen wir: zwischen Käsemark und Fischer Babke liegst
du seitlich und träge. Ein helles, rundum endloses Fleisch,
das seinen Kopf mit halbwachem Blick auf den Weichsel-
deich stützt; oder auch hier, zwischen Brokdorf und Hol-
lerwettern, bevor sie ihr Kernkraftwerk klotzig ans Elb-
ufer geschissen haben werden.
Auf flachem Land liegt,
im Rücken immer der Fluß, wo er münden
und münden will, mein Entwurf.
Sein weibliches Maß.
Die Hüfte, der Umweg.
Der Schoß, den ich meine.
Brüste, die wessen Himmel nähren.
Oder gebettet in Haufenwolken.
Die Köchin in mir sucht Platz.
Und um dich – zersiedelt verplant – die Männchen mit

ihrer Kragenweite. Von dir weg laufen breitbeinig übers
Land Hochspannungsmasten: die flüsternde Kraft …
Und über dich weg: düsengetrieben, in schrägem Anflug
Manöver, die immer und immer den Ernstfall üben.
Quer lagerst du.
Aus allen Zeiten gefallen.
Als hier noch Moor oder Watt.
Dein wandernder Schatten: Geschichte.
Straßen, die dich umgehen.
Blenden, dich abzuschirmen.
Männlicher Sprünge vermessene Kürze.
Leistung, die deinen Blick sucht.
Aber nach deinem Zeitmaß wälzt du dich auf die andere
Seite; Bewegung nennen wir das. Ein Furz entfährt deinem
Arsch; und schon hoffen wir wieder.
Jetzt will ich rein. Laß mich rein. Ganz laß mich rein: mei-
nen Verstand einbringen.
Ich will es warm haben und die Flucht aufgeben.
Schon hat deine Herrschaft begonnen.

Aal und Salbei

Hier hat Chemie sie vertrieben. Abwässer haben die hellen Bäuche, die Rücken- und Schwanzflosse rötlich gefleckt, ihren Schleim, der sie schützt, verletzt. Die Reusen auf beiden Seiten der Elbe erinnern nur. Wir kaufen teuer aus noch freundlichem Wasser: tiefgefroren tauen die Aale aus Schottland hier wieder auf und beleben sich wunderbar.

Ich weiß Geschichten.
Gegabelt peitschen sie meinen Rücken,
hängen in jedes Bild,
gleiten, wie ich, den Kühen unter das Euter.

Warum, sagt die Köchin in mir, sollen die Kinder nicht sehen und lernen, wie du die Aale in Stücke daumenlang schneidest? In Essig blaugemacht, in Mehl gewälzt, umlege ich sie mit Blättern Salbei. Der alte Scharre hat gestern (mit Spucke und Stein) das Messer geschärft.

Den Aal lebend kaufen. Nein, Kinder, er ist eigentlich tot. Das sind nur die Nerven in jedem Stück. Und auch das Kopfstück will noch und saugt sich fest. (Die Köchin Birgitta soll als Äbtissin für den Patrizier Ferber und seine Gäste, die alle katholisch blieben und gegen die Zeit waren, auf Karfreitag des Jahres 1522 in Ferbers Starostei Dirschau hundertundsieben Weichselaale geschlachtet haben.)

Der Strauch Salbei wurzelte früher in einem Garten nahe der Störmündung, wo jetzt das Sperrwerk mit Schleusenkammern und großer Klappbrücke gebaut wird und den Flußlauf verändert.

In heißes Öl legen wir Stück neben Stück und salzen leicht. Deshalb krümmen sie sich erschreckt in der Pfanne noch. Jetzt wurzelt der Strauch Salbei in unserem Garten. Der alte Scharre, der beim Umbetten half, war früher Hausschlachter und schlachtet auch heute noch an jedem Sonnabend für den Metzger im Dorf. Er düngte den Strauch mit Schweineblut und murmelte dabei kreuzweis sein Küstenplatt.

Auf kleiner Flamme werden die Stücke in ihrem Salbei schön knusprig gebacken. Ein Voressen, dem ein leichtes Gericht folgen sollte: verlorene Eier in Senfsoße. Hoffentlich überwintert der Strauch Salbei.

Ein Kreuzschnitt gleich hinterm Kopf des Aales soll dessen Nerven blockieren.

Wir ziehen die Haut nicht ab.

Übrigens rate ich (rät die Köchin in mir), beim Ausnehmen der Aale auf die Galle zu achten: Verletzt läuft sie über, macht bitter.

Laura filmte mit ihrer Schmalfilmkamera, wie ein Aal sich vom Zugriff befreite und in der Wiese tobte.

Die Kinder wissen nun, was sie essen.

Sülzkotelett

Manchmal geht sie spät in der offenen Bahnhofsgaststätte ein chemisches Sülzkotelett essen. Sie will nicht mehr Köchin sein, wie seit Jahrhunderten abschmecken und die letzte Zutat erwägen. Sie will nicht mehr Gäste zu Lob und Vergleichen rühren. Keinem Gaumen will sie mehr schöntun. Und auch die Kinder (die immer neuen und aus den Kleidern drängenden Kinder) will sie nie wieder zu grünem Spinat zwingen. Ihren Geschmack will sie strafen, Abstand gewinnen zu sich, wie sie in mir hockt oder entäußert Geschichte ist, ihre gereihten Rezepte: Hasenpfeffer oder Ente mit Maronen gefüllt. Panierter Karpfen in Braunbier oder Hammelkeule mit Knoblauch gespickt. Dem Sülzkotelett und seiner chemischen Frische will sie Abbitte tun.

Da sitzt sie in ihrem zu engen Mantel und schneidet sich Stück nach Stück. Späte Züge werden ausgerufen. (Rheinische, hessische, schwäbische Durchsage.) Sie winkt dem Ober, der langsam, als wolle er das Jahrhundert verzögern, zwischen den leeren Tischen kommt, schwindet und endlich (ich bin es) da ist. Ein zweites Sülzkotelett ohne Kartoffelsalat, Brot, ohne Bier. Sie schneidet zu, gabelt auf und ißt in sich rein, als müsse ein Loch gefüllt oder jemand vernichtet werden, der sich als Sülzkotelett nach Güte spätoffener Bahnhofsgaststätten getarnt hat.

Ich bin nicht sicher, ob ich Agnes oder Lena bediene. (Nur Sophie und Dorothea würde ich sogleich mit Schrecken erkennen.) Ich bringe ein drittes, ein viertes Kotelett – es

mangelt ja nicht – und mache Umwege zwischen den leeren fleckigen Tischen, damit sie, ganz außer mir, ihre Zeit hat und mich kommen, immer wieder auf neuen Umwegen kommen sieht.
Bevor wir schließen, weil ja auch Bahnhofsgaststätten irgendwann schließen müssen, wird sie ein sechstes Sülzkotelett ohne alles (in eine Papierserviette gewickelt) mitnehmen wollen – wohin? Wenn sie geht und in ihrem engen Mantel in der Drehtür unscheinbar wird, frage ich mich jedesmal, warum sie mir kein Trinkgeld gibt. Kann es sein, daß sie mich achtet, trotz allem, was war und noch wird?

Ich, ausgetauscht gegen mich, bin Jahr für Jahr dabeigewesen. Nicht immer in vorderster Linie, denn da alleweil Krieg war, zog sich unsereins gerne in die Etappe zurück. Anfangs jedoch, als es gegen die Chinesen ging und unser Bataillon in Bremerhaven aufmarschierte, stand ich zuvorderst im mittleren Block. Freiwillig waren fast alle, aber aus Straubing hatte einzig ich mich gemeldet, obgleich seit kurzem mit Resi, meiner Therese, verlobt.
Wir hatten zwecks Einschiffung den Überseebau des Norddeutschen Lloyd im Rücken und die Sonne im Gesicht. Vor uns auf hohem Podest sprach der Kaiser recht forsch über uns weg. Gegen die Sonne schützten neue breitkrempige Hüte, Südwester genannt. Schmuck sah unsereins aus. Der Kaiser jedoch trug einen Spezialhelm, drauf der auf blauem Grund schimmernde Adler. Er sprach von großen Aufgaben, vom grausamen Feind. Seine Rede riß mit. Er sagte: »Kommt ihr an, so wißt: Pardon wird nicht gegeben, Gefangene werden nicht gemacht ...« Dann erzählte er vom König Etzel und dessen Hunnenhorden. Die Hunnen belobigte er, wenngleich sie recht grausig gehaust hätten. Weshalb die Sozis später freche Hunnenbriefe gedruckt und über des Kaisers Hunnenrede gottserbärmlich gelästert haben. Zum Schluß gab er uns Order für China: »Öffnet der Kultur den Weg ein für allemal!« Wir riefen ein dreimaliges Hurra.
Für mich, der aus dem Niederbayerischen kommt, verlief die lange Seereise saumäßig. Als wir endlich in Tientsin an-

kamen, waren alle schon da: Briten, Amerikaner, der Russe, sogar richtige Japaner und Trüppchen aus kleinen Ländern. Die Briten waren eigentlich Inder. Wir zählten anfangs nur wenige, verfügten aber zum Glück über die neuen 5-cm-Schnellfeuerkanonen von Krupp. Und die Amerikaner erprobten ihre Maxim-Maschinengewehre, ein wahres Teufelszeug. So war Peking schnell erstürmt. Denn als unsere Kompanie einmarschierte, schien alles vorbei zu sein, was bedauerlich war. Dennoch gaben einige Boxer keine Ruh. Die wurden so genannt, weil sie insgeheim eine Gesellschaft waren, die »Tatauhuei« oder in unserer Sprache »die mit der Faust Kämpfenden« heißt. Deshalb redete zuerst der Engländer, dann ein jeglicher vom Boxeraufstand. Die Boxer haßten Ausländer, weil diese den Chinesen allerlei Zeug, die Briten besonders gerne Opium verkauften. Und so kam es, wie der Kaiser befohlen hatte: Gefangene wurden nicht gemacht.

Der Ordnung halber hat man die Boxer auf dem Platz am Chienmentor, direkt vor der Mauer, welche die Mandschustadt vom gewöhnlichen Teil Pekings trennt, zusammengetrieben. Ihre Zöpfe waren aneinandergebunden, was komisch aussah. Dann wurden sie in Gruppen erschossen oder einzeln geköpft. Doch über das Grausige hab ich meiner Verlobten kein Sterbenswörtchen geschrieben, nur über hundertjährige Eier und Dampfknödeln auf chinesische Art. Die Briten und wir Deutsche machten am liebsten mit dem Gewehr kurzen Prozeß, während der Japaner beim Enthaupten seiner altehrwürdigen Tradition folgte. Aber die Boxer zogen es vor, erschossen zu werden, weil sie Furcht hatten, alsbald mit dem Kopf unterm Arm in

der Hölle herumlaufen zu müssen. Sonst hatten sie keine Angst. Ich sah jemand, der noch gierig, bevor er erschossen wurde, einen in Sirup getunkten Reiskuchen aß.
Auf dem Platz Chienmen wehte ein Wind, welcher von der Wüste kam und immerfort gelbe Staubwolken aufwirbelte. Alles war gelb, auch wir. Das habe ich meiner Verlobten geschrieben und ihr ein wenig Wüstensand in den Brief getan. Weil aber die japanischen Scharfrichter den Boxern, die ganz junge Burschen waren wie wir, den Nackenzopf abschnitten, um zu einem sauberen Hieb zu kommen, lagen auf dem Platz oft Häuflein abgeschnittener Chinesenzöpfe im Staub. Einen hab ich mitgenommen und als Andenken nach Hause geschickt. Zurück in der Heimat trug ich ihn dann zur allgemeinen Gaudi beim Fasching, bis meine Verlobte das Mitbringsel verbrannt hat. »Sowas bringt Spuk ins Haus«, sagte Resi zwei Tage vor unserer Hochzeit. Aber das ist schon eine andere Geschichte.

Lieber Peter Panter, sonst schreib ich nie Leserbriefe, aber als mir neulich mein Verlobter, der so ziemlich alles, was er kriegen kann, liest, ein paar von Ihren wirklich komischen Sachen, und zwar beim Frühstück untern Eierbecher geschoben hat, hab ich herzlich lachen gemußt, auch wenn ich das Politische davon nicht voll mitgekriegt habe. Sie sind ganz schön scharf, aber immer witzig dabei. Sowas mag ich. Nur vom Tanzen verstehn Sie wirklich nix. Denn was Sie da über einen Shimmytänzer mit »Hände in den Hosentaschen« schreiben, ist ehrlich daneben. Das mag ja beim Onestep noch angehn oder beim Foxtrott. Horst-Eberhard jedenfalls, der, wie Sie in Ihrem Artikelchen richtig bemerken, bei der Post ist – aber kein Postrat, mehr am Schalter – und den ich voriges Jahr auf »Walterchens Shimmydiele« kennengelernt habe, tanzt mit mir Shimmy beidhändig, und zwar offen und eng. Und letzten Freitag, als mein Wochenlohn grad mal für ein Paar Strümpfe gereicht hat, wir aber unbedingt uns in Schale werfen wollten – vielleicht bin ich ja wirklich Ihr »Fräulein Piesenwang«, über die Sie sich ziemlich lustig machen –, hat er mit mir im Admiralspalast, wo Preistanzen war, das Allerneueste aus Amerika, einen Charleston, aufs Parkett gelegt, der sich gewaschen hatte. Er im geliehenen Frack, ich goldgelb kniefrei.

War aber trotzdem kein »Tanz ums Goldne Kalb«! Da liegen Sie schief, mein lieber Herr Panter. Wir tanzen ums reine Vergnügen. Sogar in der Küche zum Grammophon.

Weil wir das intus haben. Überall. Im Bauch, bis in die Schultern. Sogar in beiden Ohren, die, wie Sie in Ihrem Artikelchen richtig beobachten, bei meinem Horst-Eberhard ziemlich abstehn. Denn ob Shimmy oder Charleston, das ist nicht nur Beinsache, sondern kommt von innen und geht durch und durch. Richtig in Wellen von unten nach oben. Und zwar bis unter die Kopfhaut. Sogar zittern gehört dazu und macht bißchen glücklich. Aber wenn Sie nicht wissen, was Glück ist, ich meine Glück momentan, dann lassen Sie sich doch bei »Walterchen« von mir jeden Dienstag und Sonnabend Gratisunterricht geben.

Ehrlich versprochen! Und keine Angst. Wir gehn das ganz sachte an. Erst legen wir zum Anwärmen einen Schieber vorwärts und rückwärts aufs Parkett. Ich führe, und Sie lassen sich ausnahmsweise mal führen. Ist reine Vertrauenssache. Außerdem geht das einfacher, als es aussieht. Und dann versuchen wir »Ausgerechnet Bananen«. Kann man mitsingen. Sowas bringt Spaß. Und wenn Sie dann noch bei Puste sind und mein Horst-Eberhard nix dagegen hat, lassen wir zwei beide uns auf nen richtigen Charleston ein. Der geht anfangs ganz schön in die Waden, heizt aber ein. Und wenn wir dann voll in Stimmung sind, mach ich extra für Sie mein Döschen auf. Keine Angst! Ne Prise nur. Nix zum Angewöhnen. Nur zwecks Heiterkeit, ehrlich.

Übrigens sagt mein Horst-Eberhard, daß Sie meistens unter sowas wie Pseudonym schreiben. Mal als Panter, mal als Tiger, manchmal als Herr Wrobel. Und daß Sie ein kleiner dicker polnischer Jude sind, hat er irgendwo gelesen. Aber das macht nix. Ich heiß auch mit ki hinten. Und Dik-

ke sind meistens gute Tänzer. Sollten Sie aber nächsten Sonnabend Ihre Spendierhosen anhaben und auch sonst bei Laune sein, machen wir prompt ne Flasche Schampus auf oder zwei. Und ich erzähl Ihnen, wie das so abläuft beim Schuhverkauf. Bin nämlich bei Leiser, Herrenabteilung. Nur über Politik reden wir nicht. Versprochen?
Von Herzen Ihre Ilse Lepinski

1956

Im März jenes trauertrüben Jahres, in dem der eine im Juli und bald nach seinem siebzigsten Geburtstag, der andere, keine sechzig alt, im August starb, worauf mir die Welt öde, die Bühne leergefegt vorkam, begegnete ich, ein Student der Germanistik, der im Schatten zweier Giganten fleißig Gedichte fertigte, den beiden am Kleistgrab, jenem abseitigen Ort mit Blick auf den Wannsee, an dem schon manch eine Begegnung unerhörter Art, sei es zufällig, sei es auf Verabredung, zustande gekommen war.
Ich nehme an, sie hatten Ort und Stunde insgeheim, womöglich mit Hilfe vermittelnder Frauen vereinbart. Zufällig war nur ich dabei, das Studentlein im Hintergrund, der den einen kahlköpfig buddhahaft, den anderen gebrechlich und schon von Krankheit gezeichnet auf zweiten Blick erkannte. Es fiel mir schwer, Distanz zu ihnen zu halten. Doch da sich der sonnig frostige Märztag windstill gab, trugen ihre Stimmen, die eine weich brummig, die andere hell und ein wenig fistelnd. Sie sprachen nicht viel, erlaubten sich Pausen. Mal standen sie dicht beieinander, wie auf gemeinsamem Sockel, dann wieder auf jene ihnen vorgeschriebene Lücke bedacht. Galt der eine dem Westen der Stadt als literarischer, deshalb ungekrönter König, war der andere die nach Belieben zitierbare Instanz der östlichen Stadthälfte. Da in jenen Jahren zwischen Ost und West Krieg, wenn auch nur kalter, herrschte, hatte man beide gegeneinander zugespitzt. Nur zwiefacher List folgend konnte ihr Treffen außerhalb dieser Kampfordnung seinen

Ort finden. Es gefiel wohl meinen Idolen, ihren Rollen auf ein Stündchen zu entkommen.
So sah es aus, so hörte sich ihre Zweisamkeit an. Was ich als Satzgefüge oder Halbsätze mir ergänzend zusammenreimte, war nicht feindselig gegeneinander gerichtet. Was beide zitierten, nahm nicht sich, sondern jeweils den anderen beim Wort. Ihre Auswahl suchte im Doppelsinn Vergnügen. Der eine wußte das kurze Gedicht »Der Nachgeborene« herzusagen und trug dessen Schlußvers genüßlich, als sei er von ihm, vor:

»Wenn die Irrtümer verbraucht sind
Sitzt als letzter Gesellschafter
Uns das Nichts gegenüber.«

Der andere sagte aus dem frühen Gedicht »Mann und Frau gehn durch die Krebsbaracke« ein wenig salopp den abschließenden Vers her:

»Hier schwillt der Acker schon um jedes Bett.
Fleisch ebnet sich zu Land. Glut gibt sich fort.
Saft schickt sich an zu rinnen. Erde ruft.«

So zitierten sich Kenner mit Lust. Auch lobten sie einander zwischen Zitaten, wobei sie spöttisch mit jenen Wörtern um sich warfen, die uns Studenten allzu geläufig waren. »Ist Ihnen phänotypisch verfremdet gelungen«, rief der eine, und der andere fistelte: »Ihr abendländisches Leichenschauhaus steht meinem epischen Theater so monologisch wie dialektisch zur Seite.« Und weitere Sticheleien zum wechselseitigen Spaß.
Dann machten sie sich über den im Vorjahr gestorbenen Thomas Mann lustig, indem sie dessen »strapazierfähige Leitmotive« parodierten. Danach waren Becher und Bron-

nen dran, deren Namen Sprachspiele erlaubten. Was den Eigenwuchs ihrer politischen Sünden betraf, nahmen sie einander nur kurz aufs Korn. So brachte der eine spöttisch zwei Zeilen aus einem parteiischen Hymnus des anderen, »... und des Sowjetvolkes großer Ernteleiter, Josef Stalin, sprach von Hirse, sprach von Dung und Dürrewind ...«, worauf der andere des einen zeitweilige Begeisterung für den Führerstaat mit dessen Propagandaschrift »Dorische Welt« und einer Rede, gehalten zu Ehren des faschistischen Futuristen Marinetti, in Einklang brachte. Der hinwiederum lobte »Die Maßnahme« des anderen ironisch als »Ausdruckswelt eines wahren Ptolemäers«, um sogleich beide an Kleists Grab versammelten Sünder mit einem Zitat aus dem großen Gedicht »An die Nachgeborenen« zu entlasten.

»Ihr, die ihr auftauchen werdet aus der Flut
In der wir untergegangen sind
Gedenkt
Wenn ihr von unseren Schwächen sprecht
Auch der finsteren Zeit
Der ihr entronnen seid.«

Mit dem »ihr« war wohl ich gemeint, der nachgeborene Lauscher im Abseits. Mir mußte diese Ermahnung genug sein, obgleich ich von meinen Idolen deutlichere Einsicht in ihre wegweisenden Irrtümer erwartet hatte. Doch mehr kam nicht. Trainiert im Verschweigen, befaßten sich beide nun mit ihrer Gesundheit. Der eine war als Arzt besorgt um den anderen, dem ein Professor Brugsch noch kürzlich einen längeren Aufenthalt in der Charité empfohlen hatte und der sich deshalb erklärend auf die Brust schlug. Nun war der eine über den »öffentlichen Rummel« besorgt, der ihm mit der Abfeier seines Siebzigsten bevorstünde – »Ein kühles Helles wär mir genug!« –, worauf der andere auf testamentarische Vorsorge pochte: Niemand, auch der Staat nicht, dürfe ihn öffentlich aufbahren. Keine Rede solle an seinem Grab gehalten werden ... Zwar stimmte der eine dem anderen zu, hatte dann aber doch Bedenken: »Vorsorge ist gut. Wer aber schützt uns vor unseren Epigonen?«

Nichts über die politische Lage. Kein Wort über die Wiederbewaffnung im westlichen, im östlichen Staat. Letzte Witze über Tote und Lebende belachend, verließen beide das Kleistgrab, ohne den dort zur Unsterblichkeit verurteilten Dichter erwähnt oder zitiert zu haben. Am Bahnhof Wannsee nahm der eine, der in Schöneberg nahe dem Bayerischen Platz wohnte, die S-Bahn; auf den anderen wartete ein Auto mit wartendem Chauffeur, der ihn, so war anzunehmen, nach Buckow raus oder zum Schiffbauerdamm bringen sollte. Als dann der Sommer kam und beide kurz nacheinander starben, beschloß ich, meine Gedichte zu verbrennen, die Germanistik aufzugeben und an der Technischen Universität fortan und fleißig das Maschinenbauwesen zu studieren.

1970

Niemals nimmt mir meine Zeitung das ab. Irgendeinen Schmus wollen die haben. Sowas wie »Nahm alle Schuld auf sich...« oder »Plötzlich fiel der Kanzler auf die Knie...« oder noch dicker aufgetragen: »Kniete für Deutschland!«
Von wegen plötzlich. Fein ausgeklügelt war das. Bin sicher, daß ihm dieses Schlitzohr, na, sein Zwischenträger und Unterhändler, der es versteht, den schmählichen Verzicht auf urdeutsches Land zu Hause als Gewinn zu verkaufen, diese besondere Nummer eingeflüstert hat. Und nun macht sein Chef, der Säufer, auf katholisch. Geht auf die Knie. Dabei glaubt der an nix. Reine Show alles. War aber als Aufmacher, rein journalistisch gesehen, ein Knüller. Schlug ein wie ne Bombe. Lief hübsch abseits vom Protokoll. Alle dachten, das geht wie üblich über die Bühne: Nelkenkranz ablegen, Schleifenbänder ordnen, zwei Schritt hinter sich treten, Kopf senken, Kinn wieder hoch, stur in die Ferne blicken. Und schon geht's mit Blaulicht ab nach Schloß Wilanów, ins noble Quartier, wo das Fläschchen und die Cognacschwenker warten. Aber nein, er erlaubt sich ne Extratour: nicht etwa auf die erste Stufe, was kaum riskant gewesen wäre, sondern direkt auf den nassen Granit, ohne sich mit der einen, der anderen Hand abzustützen, gekonnt aus den Kniekehlen raus geht er runter, behält dabei die Hände verklammert vorm Sack, macht ein Karfreitagsgesicht, als wäre er päpstlicher als der Papst, wartet das Klicken der Fotografenmeute ab, hält geduldig ne starke Minute lang hin und kommt dann wieder nicht

etwa auf die sichere Tour – erst das eine, dann das andere Bein –, sondern mit einem Ruck hoch, als hätt er das trainiert, tagelang vorm Spiegel, zack hoch, steht nun und guckt, als wär ihm der heilige Geist persönlich erschienen, über uns alle weg, als müßt er nicht nur den Polen, nein aller Welt beweisen, wie fotogen man Abbitte leisten kann. Naja, gekonnt war das schon. Sogar das Sauwetter spielte mit. Aber so, hübsch schräg auf dem zynischen Klavier geklimpert, nimmt mir das meine Zeitung niemals ab, selbst wenn unsere Chefetage diesen Kniefallkanzler lieber heut als morgen weg hätte, gestürzt oder abgewählt oder sonstwie, nur weg!

Also nehme ich nochmal Anlauf und laß die Orgel wummern: Wo einst das Warschauer Ghetto gewesen ist, das im Mai 1943 auf so sinnlose wie grausame Weise zerstört und brutal ausgelöscht wurde, kniete nun vor einer Gedenkstätte, an der tagtäglich, so auch an diesem naßkalten Dezembertag, aus zwei bronzenen Kandelabern vom Wind zerfetzte Flammen fauchen, einsam der deutsche Bundeskanzler und gab der Reue Ausdruck, Reue für alle im deutschen Namen begangenen Untaten, indem er die übergroße Schuld auf sich nahm, er, der selber nicht schuldig wurde, fiel dennoch aufs Knie …

Na also. Das druckt jeder. Der Lastenträger, der Schmerzensmann! Vielleicht noch bißchen Lokalkolorit als Zugabe? Paar kleine Nicklichkeiten. Kann nicht schaden. Zum Beispiel etwas über das Befremden der Polen, weil der hohe Staatsgast nicht am Denkmal des Unbekannten Soldaten, das hier Nationalheiligtum ist, sondern ausgerechnet bei den Juden auf die Knie ging. Man muß nur nachfragen, bißchen bohren, und schon zeigt sich der wahre Pole als Antisemit. Ist ja noch gar nicht so lange her, vor gut zwei Jahren, als hier die polnischen Studenten meinten, genau wie die Studenten bei uns oder in Paris verrückt spielen zu dürfen. Aber dann hat die Miliz, an der Spitze der hiesige Innenminister Moczar, die, wie man sagte, »zionistischen Provokateure« zusammenknüppeln lassen. An die paar tausend Parteifunktionäre, Professoren, Schriftsteller und sonstige Geistesgrößen, meistens Juden, wurden geschaßt, haben die Koffer gepackt, sind ab und davon, nach Schweden oder Israel. Darüber redet hier keiner mehr. Uns aber alle Schuld auflasten gehört zum guten Ton. Von »katholischer Haltung, die jedem aufrechten Polen zu Herzen geht«, wird gefaselt, wenn dieser Vaterlandsverräter, der in norwegischer Uniform gegen uns Deutsche gekämpft hat, hier mit großem Gefolge – Krupp-Manager Beitz, paar linke Schriftsteller und sonstige Geistesgrößen – angereist kommt, den Polacken unser Pommern, Schlesien, Ostpreußen auf dem Tablett serviert und dann noch, als Zugabe wie im Zirkus, ruckzuck auf die Knie geht.

Ist sinnlos. Wird nicht gedruckt. Lieber schweigt sich meine Zeitung darüber aus. Agenturmeldung und fertig. Außerdem, was geht das mich an? Ich stamm aus Krefeld, bin ne rheinische Frohnatur. Was reg ich mich auf? Breslau, Stettin, Danzig? Sollte mir schnuppe sein. Werde einfach was Atmosphärisches schreiben: über den polnischen Handkuß, wie hübsch die Altstadt ist, daß Schloß Wilanów und sonst noch paar Prachtbauten wieder aufgebaut sind, obgleich, wo man auch hinguckt, die wirtschaftliche Lage miserabel ... Nix in den Schaufenstern ... Schlangen vor jedem Fleischerladen ... Weshalb ganz Polen auf einen Milliardenkredit hofft, den dieser Kniefallkanzler bestimmt seinen kommunistischen Freunden versprochen hat. Dieser Emigrant! Wie der mir gegen den Strich geht. Nicht etwa, weil er unehelich ist ... Sowas kann vorkommen ... Aber sonst ... Sein ganzes Gehabe ... Und als er da kniete im Nieselregen ... Widerlich ... Wie ich ihn hasse.

Na, der wird sich wundern, wenn er nach Hause kommt. Zerfetzen werden sie ihn und seine Ostverträge. Nicht nur in meiner Zeitung. – Aber gekonnt war das schon, einfach so auf die Knie.

1999

Gezwungen hat er mich nicht, aber überredet, der Bengel. Das könnt er schon immer, bis ich endlich ja gesagt hab. Und nun leb ich angeblich noch, bin über hundert und bei Gesundheit, weil er das so will. Darin war er von Anfang an groß, als Dreikäsehoch schon. Konnt lügen wie gedruckt und wunderschöne Versprechungen machen: »Wenn ich mal groß und reich bin, dann reisen wir, wohin du willst, Mama, sogar nach Neapel.« Aber dann kam der Krieg, und dann wurden wir abgeschoben, erst in die Sowjetzone, dann Flucht in den Westen rüber, wo uns diese rheinländischen Bauern in der eiskalten Futterküche einquartiert und gepiesackt haben: »Geht doch hin, wo ihr hergekommen seid!« Dabei waren die katholisch wie ich.
Aber schon zweiundfünfzig, als mein Mann und ich längst Wohnung hatten, stand fest, daß es Krebs war bei mir. Hab dann noch, während der Junge in Düsseldorf seine brotlose Kunst studiert und weiß nicht wovon gelebt hat, zwei Jahre durchgehalten, bis unsere Tochter mit ihrer Bürolehre fertig, aber sonst all ihre Wunschträume hinter sich hatte, die arme Marjell. Nicht mal achtundfünfzig hab ich geschafft. Und nun soll, weil er das unbedingt alles nachholen möcht, was mir, seiner armen Mama, entgangen ist, mein hundertsoundsovielter Geburtstag gefeiert werden.
Gefällt mir sogar, was er sich heimlich ausgedacht hat. War schon immer zu nachsichtig, wenn er, wie mein Mann sagte, das Blaue vom Himmel runtergelogen hat. Doch das Seniorenheim mit Seeblick, das »Augustinum« heißt und in

dem ich nun, weil er das will, versorgt bin, ist – da kann man nicht meckern – sogar von der besseren Sorte. Eineinhalb Zimmer hab ich, dazu Bad, Kochnische und Balkon. Farbfernseher hat er mir reingestellt und eine Anlage für diese neuen silbrigen Schallplatten, solche mit Opernarien und Operetten drauf, die ich schon immer gern gehört hab, vorhin noch aus dem »Zarewitsch« die Arie »Es steht ein Soldat am Wolgastrand ...« Auch kleine und große Reisen macht er mit mir, neulich nach Kopenhagen, und nächstes jähr wird es, wenn ich gesund bleib, endlich in den Süden bis nach Neapel gehen ...

Nun aber soll ich erzählen, wie es früher und noch früher gewesen ist. Sag ich ja, Krieg war, immerzu Krieg mit Pausen dazwischen. Mein Vater, der als Schlosser in der Gewehrfabrik gearbeitet hat, ist gleich anfangs bei Tannenberg gefallen. Und dann zwei Brüder in Frankreich. Der eine hat gemalt, vom anderen sind sogar Gedichte in die Zeitung gekommen. Bestimmt hat mein Sohn das alles von den beiden mitgekriegt, denn mein dritter Bruder war Kellner nur, ist zwar weit rumgekommen, aber dann hat es ihn doch irgendwo erwischt. Muß sich angesteckt haben. Soll eine von diesen Geschlechtskrankheiten gewesen sein, mag gar nicht sagen, welche. Da ist meine Mutter ihren Jungs, noch bevor Frieden war, aus reinem Kummer nachgestorben, so daß ich mit meiner kleinen Schwester Betty, dem verwöhnten Ding, nun allein in der Welt stand. War ja gut, daß ich bei Kaiser's Kaffee Verkäuferin und bißchen Buchführung gelernt hatte. So konnten wir dann, nachdem ich mit Willy verheiratet war und gleich nach der Inflation, als wir in Danzig den Gulden bekamen, das Geschäft, Kolonialwaren, aufmachen. Lief auch anfangs ganz gut. Und siebenundzwanzig, da war ich schon über dreißig, kam dann der Junge und drei Jahre später die kleine Marjell …

Wir hatten ja außer dem Laden zwei Zimmer bloß, so daß das Jungchen für seine Bücher und seinen Farbkasten und seine Knetmasse nur unterm Fensterbrett eine Ecke gehabt hat. Aber das war ihm genug. Da hat er sich alles ausgedacht. Und nun zwingt er mich, wieder lebendig zu sein, verwöhnt mich – »Mamachen hier und Mamachen da« – und kommt im Seniorenheim mit seinen Enkelkindern an, die unbedingt meine Urenkel sein sollen. Sind auch ganz niedlich, aber bißchen dreibastig manchmal, so daß ich froh bin und aufatme, wenn die Blagen, darunter Zwillinge – helle Bürschchen, doch vorlaut – unten auf der Parkallee mit ihren Dingern, die wie Schlittschuhe ohne Eis sind und die geschrieben so ähnlich wie Skat heißen, aber von den Jungs Skäter genannt werden, rauf und runter flitzen. Kann ich vom Balkon aus sehen, wie der eine immer schneller sein will als der andere …

Skat! Hab ich mein Lebtag lang gern gespielt. Meistens mit meinem Mann und mit Franz, meinem kaschubischen Cousin, der bei der Polnischen Post war und deshalb gleich anfangs, als wieder Krieg kam, erschossen wurde. War schlimm. Nicht nur für mich. Aber das brachte die Zeit so mit sich. Auch daß Willy in die Partei ging und ich bei der Frauenschaft war, weil man da umsonst Leibesübungen machen konnte, und auch der Junge beim Jungvolk in schicker Uniform … Später gab beim Skat meistens mein Schwiegervater den dritten Mann ab. War aber immer zu aufgeregt, der Herr Tischlermeister. Vergaß oft, den Skat zu drücken, worauf ich prompt Kontra gegeben hab. Spiel ich noch immer gern, sogar jetzt, wo ich wieder leben muß, und zwar mit meinem Sohn, wenn er seine Tochter Helene, die ja wie ich heißt, auf Besuch mitbringt. Spielt ziemlich gerissen, das Mädel, besser als ihr Vater, dem ich zwar das Skatspielen beigebracht habe, als er zehn oder elf war, der aber immer noch wie ein Anfänger reizt. Spielt seinen geliebten Herz Hand selbst dann, wenn er mit ner blanken Zehn dasitzt ...

Und während wir spielen und spielen und mein Sohn sich dauernd überreizt, sausen unten im Park vom »Augustinum« meine Urenkel auf ihren Skätern, daß man Angst kriegen möcht. Haben aber überall Polster drauf. An den Knien, Ellbogen und an den Händen auch, sogar richtige Helme tragen sie, damit ja nichts passiert. Lauter teures Zeug! Wenn ich da an meine Brüder denk, die im ersten Krieg schon gefallen oder sonstwie krepiert sind, die haben sich, als sie klein waren – das war noch zu Kaisers Zeiten – aus der Langfuhrer Aktienbrauerei ein ausgedientes Bierfaß besorgt, die Faßdauben auseinandergenommen, die Dinger mit Schmierseife eingerieben, sich dann die Dauben unter die Schnürschuhe gebunden und sind als richtige Skiläufer in den Jäschkentaler Wald, wo sie immerzu den Erbsberg rauf und runter. Hat nuscht gekostet, ging aber trotzdem ...

Denn wenn ich nur daran denk, was die Anschaffung von richtigen Schlittschuhen, solchen mit Schlüssel zum Anschrauben, für mich als kleine Geschäftsfrau bedeutet hat, und zwar für zwei Kinder ... Denn in den dreißiger Jahren

ging der Laden nur mäßig ... Zuviel Pumpkundschaft und Konkurrenz ... Und dann kam auch noch die Guldenabwertung ... Zwar haben die Leute geträllert, »Alles neu macht der Mai, macht aus einem Gulden zwei ...«, aber knapp wurde es doch. Wir hatten in Danzig ja Guldenwährung, weil wir Freistaat waren, bis uns dann, als der nächste Krieg losging, der Führer mit seinem Gauleiter, Forster hieß der, »heim ins Reich« geholt hat. Ab dann ging alles über den Ladentisch gegen Reichsmark nur. Gab aber immer weniger. Mußte nach Ladenschluß Lebensmittelmarken sortieren und auf alte Zeitungen kleben. Manchmal half der Junge, bis sie auch ihn in Uniform steckten. Und erst nachdem der Russe über uns gekommen war, dann sich die Polen das letzte genommen haben, wonach wir Vertriebene wurden und all das Elend weiterging, bekam ich ihn wieder gesund zurück. War neunzehn inzwischen und kam sich erwachsen vor. Dann hab ich auch noch die Währungsreform erlebt. Vierzig Mark kriegte jeder vom neuen Geld. Das war ein harter Anfang für uns Flüchtlinge aussem Osten ... Wir hatten ja nuscht sonst ... Das Fotoalbum ... Und grad noch sein Briefmarkenalbum hab ich retten gekonnt ... Und als ich dann starb ...
Aber nun soll ich, weil mein Sohn das so will, auch noch den Euro miterleben, wenn er denn ausgezahlt wird. Doch vorher will er unbedingt meinen Geburtstag feiern, den hundertdritten genau. Na, soll er von mir aus. Der Bengel ist inzwischen über siebzig schon und hat sich längst einen Namen gemacht. Kann aber nicht aufhören mit seinen Geschichten. Manche gefallen mir sogar. Aus anderen hätt ich bestimmte Stellen glatt weggestrichen. Aber Familien-

feste, so richtig mit Krach und Versöhnung, hab ich schon immer gemocht, denn wenn wir Kaschuben gefeiert haben, wurde geweint dabei und gelacht. Anfangs wollte meine Tochter, die nun auch schon auf die siebzig zugeht, nicht mitfeiern, weil sie die Idee von ihrem Bruder, mich für seine Geschichten wieder lebendig zu machen, für zu makaber hält. »Laß man, Daddau«, hab ich zu ihr gesagt, »sonst fällt ihm noch was Schlimmeres ein.« So ist er nun mal. Denkt sich die unmöglichsten Sachen aus. Muß immer übertreiben. Mag man gar nicht glauben, wenn man das liest ...

Nun kommt meine Tochter doch Ende Februar. Und ich freu mich schon auf all die Urenkel, wenn sie dann wieder unten im Park rumflitzen auf ihren Skätern, während ich vom Balkon runterguck. Und auf 2000 freu ich mich auch. Mal sehen, was kommt ... Wenn nur nicht Krieg ist wieder ... Erst da unten und dann überall ...

Quellenangaben

Die beiden Zeichnungen auf Seite 2 und Seite 199 wurden mit freundlicher Genehmigung des Steidl Verlags dem Band Günter Grass: *Fünf Jahrzehnte*, Ein Werkstattbericht, Göttingen 2004, entnommen (Entwurf für Radierung, Wewelsfleth 1979, S. 244; Notizblatt, Wewelsfleth 1979, S. 245).

Geschichten Geschichten. In: Günter Grass: Werkausgabe, Göttingen 1997, Band 1, S. 507 (aus: Arthur Knoff: Geschichten, Erstdruck 1968). Arthur Knoff, so hieß der literarisch ambitionierte, aber bereits im Krieg gefallene Bruder von Helene Grass, der Mutter von Günter Grass, der diesen Namen als Pseudonym wählte.
In einem Gespräch mit Hubert Winkels (Deutschlandfunk 16. 10. 1997) machte der Autor dazu nähere Angaben. »*Hubert Winkels:* Herr Grass, Sie werden am 16. Oktober 70 Jahre alt. Sie sind ein berühmter Mann, ein anerkannter und erfolgreicher Schriftsteller, Ihre politische Meinung wird gehört, Ihr Urteil wird geschätzt, Sie verkörpern ein Stück deutscher Nachkriegsgeschichte. Gehen wir gut fünfzig Jahre zurück. Im Jahr 1946 kamen Sie aus amerikanischer Kriegsgefangenschaft, irrten als ›Flüchtlingskind‹, wie Sie einmal gesagt haben, durch das zerbombte Deutschland. Dann haben Sie eine Zeitlang im Kalibergbau gearbeitet. Und immer hatten Sie ein Gefühl, Sie müßten Künstler werden. Sie kommen aus kleinbürgerlichen Verhältnissen. Woher kam dieses sichere Gefühl: ich bin ein Künstler – oder ich werde ein Künstler? *Günter Grass:* Nun ja, also wenn ich's genau überlege, kommen diese Veranlagungen von der mütterlichen Seite her, und es war auch so, daß meine Mutter drei Brüder hatte und eine Schwester. Von den drei Brüdern soll die Rede sein, die alle im Ersten Weltkrieg gefallen sind, nacheinander. So im Alter von 22, 23 Jahren, wie das in Kriegszeiten in Deutschland üblich war. Und der eine wollte Schriftsteller werden, der andere Bühnenbildner. Und vom dritten hieß es, er wolle Koch werden. Davon hatte meine Muter mir erzählt. Und ich habe dann auch kramend als Junge auf dem Speicher, auf dem Boden, mal einen alten Koffer gefunden, in dem waren Zeitungsausschnitte, und darin Gedichte dieses Arthur Knoff – das war der Mädchenname meiner Mutter –, der im Alter von 22 Jahren

gefallen ist. Und das waren Gedichte in der Eichendorff-Nachfolge, romantisch, aber schon in einigen Zeitungen, Lokalzeitungen abgedruckt. Das hat sich bei mir festgesetzt, diese drei nicht gelebten Leben. Und es hat sich so ergeben, daß sich alle drei Tätigkeiten, nicht nur das Schreiben und die Malerei, das Zeichnen, sondern auch das, was den Koch betraf, bei mir festgesetzt haben, so als müßte ich diese ungelebten oder nicht zu Ende gelebten Leben fortsetzen. Ich habe dann auch in den sechziger Jahren mal einen kleinen Band mit Erzählungen, den ich nicht – nach den Romanen – so der Kritik vorwerfen wollte, unter Pseudonym veröffentlicht. Unter dem Pseudonym Arthur Knoff. Ich habe den Namen des Bruders meiner Mutter benutzt und auch eine Biographie für ihn erfunden. Das hat nebenbei noch einen Heidenspaß für mich bedeutet, Kritiken zu bekommen. Da stand dann drin: junger begabter Autor, von Grass beeinflußt, aber doch unabhängig. Das war hübsch zu beobachten.«

Im Ei (Campascio d. 22.4.54; Arbeitstagebuch, sechs Seiten, Original-Handschrift im Grass-Archiv der Akademie der Künste Berlin, Mappe 1754; eine Variation der Geschichte (eine Prosavorform des Gedichts »Im Ei«) findet sich dort in Mappe 1289-1290, drei handschriftliche Seiten; gedruckt wurde hier – mit freundlicher Genehmigung der Stiftung Archiv der Akademie der Künste Berlin – in Anlehnung an die Tagebuchnotiz eine von Günter Grass autorisierte Fassung des Textes mit kleinen Abweichungen und Korrekturen)

Meine grüne Wiese (Erstdruck 1955). *Fünf Vögel* (Erstdruck 1956). *Eingemauert* (Erstdruck 1957). *Die Linkshänder* (Erstdruck 1958). In: Günter Grass: Werkausgabe, Göttingen 1997, Band 1, S. 478-497.

Zahnpflege (Das zweiseitige maschinenschriftliche Original mit handschriftlichen Korrekturen des Autors und dem handschriftlichen Vermerk »Günter Grass / Paris 13 / 111 Av. d' Italie« findet sich im Grass-Archiv der Akademie der Künste Berlin in Mappe 1286, undatiert, vermutlich vom Ende der fünfziger Jahre; der Druck dieser Prosavorform der Farce »Zweiunddreißig Zähne« erfolgt mit freundlicher Genehmigung der Stiftung Archiv der Akademie der Künste Berlin, Tippfehler wurden korrigiert.)

Glaube Hoffnung Liebe. In: Günter Grass: Werkausgabe, Göttingen 1997, Band 3, S. 253-264 (aus: Die Blechtrommel, Erstdruck 1959)

Im Tunnel. In: Günter Grass: Werkausgabe, Göttingen 1997, Band 1, S. 498-499 (Erstdruck 1960)

Ich stehe gern auf einer Rolltreppe. In: Günter Grass: Werkausgabe, Göttingen 1997, Band 1, S. 500-501 (Erstdruck 1960)

Susanne. Bikini Atoll. Der Slawist. Als Vater wieder heiraten wollte. Mein Max. Persennik & Ploetz. Einer unserer Mitbürger: Prinz Karneval. Sophie. Polizeifunk. Langsamer Walzer. Hase und Igel. Herr Lettunich. In: Günter Gras: Werkausgabe, Göttingen 1997, Band 1, S. 508-531 (Arthur Knoff: Geschichten, Erstdruck 1968).

Selbstgedrehte. In: Günter Grass: Werkausgabe, Göttingen 1997, Band 1, S. 502-503 (Erstdruck 1974)

Vatertag. In: Günter Grass: Werkausgabe, Göttingen 1997, Band 8, S. 579-629. (aus: Der Butt, Erstdruck 1977)

Entwurf weiblich. Aal und Salbei. Sülzkotelett. In: Günter Grass: Werkausgabe, Göttingen 1997, Band 1, S. 535-539 (aus: Vier Jahrzehnte, Erstdruck 1991)

1900. 1921. 1956. 1970. 1999. In: Günter Grass: Mein Jahrhundert, Göttingen 1999, S. 7-9, 75-77, 200-203, 257-260, 374-379.

»Alte Geschichten, gewiß; und doch immerneue«

»Erzählt Kinder, erzählt! (...) Laßt den Faden nicht abreißen, Kinder! Denn solange wir noch Geschichten erzählen, leben wir. Solange uns etwas einfällt, mit und ohne Pointe, Hundegeschichten, Aalgeschichten, Vogelscheuchengeschichten, Rattengeschichten, Hochwassergeschichten, Rezeptgeschichten, Lügengeschichten und Lesebuchgeschichten, solange uns Geschichten noch zu unterhalten vermögen, vermag keine Hölle uns unterhaltsam sein.« (Günter Grass: *Hundejahre*)

1. Über Wahrheit und Lüge im außermoralischen Sinn

Am Anfang jedes um Eindeutigkeit bemühten Nachworts stehen mindestens zwei wegweisende Lexikon-Definitionen. Da weiß man, auch als wissenshungriger Leser, was man hat – und umgekehrt:

Wahrheit, 1. in einem allg. Sinn der im Rahmen eines sprachl.-intersubjektiven Bezugssystems (Kategorien-, Normen- oder Wertesystems) stehende, mit Gründen (und nach W.kriterien) einlösbare und insofern haltbare Geltungsanspruch von Aussagen bzw. Urteilen über einen Sachverhalt in bezug auf das Sichverhalten der Sache (Gegenstand, Handlung, Person) selbst, wobei Sachverhalt und Sache (Gegenstand usw.) in größtmögl. Annäherung zur Deckung (Identität) gebracht und als (so und nicht anders) bestehend (existierend) gekennzeichnet werden [...].

Es ist – selbst wenn sowohl die ontologischen als auch die religiösen Aspekte des Wahrheitsbegriffs noch gar nicht zur Sprache gekommen sind – kaum zu überhören: Auf der Grundlage dieser Definition kommen wir nicht besonders weit. Vom Ei des Kolumbus darf im Hinblick auf einen adäquaten Zugang zur ästhetischen Struktur der hier versammelten Prosakunststücke jedenfalls noch keine Rede sein. Es kann also nur besser werden. Versuchen wir es anders herum:

Lüge, bewußt falsche Aussage oder unwahre Behauptung (im Ggs. zum Irrtum). Für L. gibt es unterschiedl. Beweggründe (etwa Angst, Geltungsbedürfnis, Berechnung, Höflichkeit bzw. Rücksichtnahme). Beim Kind kann man nicht von L. sprechen, sofern es zw. der Realität und den Produkten seiner Phantasie noch nicht unterscheiden kann. – Übermäßige Neigung zur L. ist bei Erwachsenen Ausdruck einer psych. Fehlentwicklung, die v. a. mit Erziehungsfehlern zusammenhängt. In patholog. Form äußert sich die Neigung zur L. im Krankheitsbild der *Pseudologia phantastica* (Neigung, phantast., jedoch z. T. glaubwürdig erscheinende Geschichten zu erzählen).

Klingt schon vielversprechender, nicht wahr? Anspielungen auf das sprichwörtliche Kind im Mann bzw. auf Ibsens Peer Gynt sind vorstellbar. Mutmaßungen über eine unverbesserliche Künstlernatur, die es faustdick hinter den Ohren hat, drängen sich auf. Gewagte Theorien über einen außergewöhnlich phantasiebegabten Schelm ergeben sich wie von selbst. Doch wer einmal lügt, dem glaubt man nicht und wenn er auch die Wahrheit spricht. Und so entspricht auch dieser Ansatz selbst jenseits biografisch-psychologischer Erklärungsmuster keineswegs dem Gelben vom Ei. Was bleibt? Es bleibt also wohl doch nur die aufmerksame Lektüre der wahrhaftigen Lügengeschichten selbst, die ihr schwindelerregende Kapriolen schlagender Erfinder als poetischen Ausdruck des Zweifels verstanden wissen möchte. Aber wer weiß, ob man ihm trauen kann. Also wenden wir uns ohne weitere Abschweifungen dem Primären zu, denn: »Von Eiern, die als weich gekocht serviert wurden, überzeugt man sich am besten mit dem Löffel.« (Günter Grass, Werkausgabe, herausgegeben von Volker Neuhaus und Daniela Hermes, Göttingen 1997, hier: Band 14, Seite 20, nach dieser Ausgabe wird auch im Folgenden zitiert.)

II. »Glaube hin, Glaube her, hier wird gezweifelt.«

Kein Zweifel, alle literarischen Werke von Günter Grass sind von dieser »eiförmigen Welt« (5, 374), einer Vorstellungswelt, die möglicherweise aber nur erträumt sein könnte; von wem und mit welchen Hintergedanken auch immer:

»Wir leben im Ei.
Die Innenseite der Schale
haben wir mit unanständigen Zeichnungen
und den Vornamen unserer Feinde bekritzelt.
Wir werden gebrütet.

Wer uns auch brütet,
unseren Bleistift brütet er mit.
Ausgeschlüpft eines Tages,
werden wir uns sofort
ein Bildnis des Brütenden machen.

Wir nehmen an, daß wir gebrütet werden.
Wir stellen uns ein gutmütiges Geflügel vor
und schreiben Schulaufsätze
über Farbe und Rasse
der uns brütenden Henne.

Wann schlüpfen wir aus?
Unsere Propheten im Ei
streiten sich für mittelmäßige Bezahlung
über die Dauer der Brutzeit.
Sie nehmen einen Tag X an.

Aus Langeweile und echtem Bedürfnis
haben wir Brutkästen erfunden.
Wir sorgen uns sehr um unseren Nachwuchs im Ei.
Gerne würden wir jener, die über uns wacht,
unser Patent empfehlen.

Wir aber haben ein Dach überm Kopf.
Senile Küken,
Embryos mit Sprachkenntnissen
reden den ganzen Tag
und besprechen noch ihre Träume.

Und wenn wir nun nicht gebrütet werden?
Wenn diese Schale niemals ein Loch bekommt?
Wenn unser Horizont nur der Horizont
unserer Kritzeleien ist und auch bleiben wird?
Wir hoffen, daß wir gebrütet werden.

Wenn wir auch nur noch vom Brüten reden,
bleibt doch zu befürchten, daß jemand,
außerhalb unserer Schale, Hunger verspürt,
uns in die Pfanne haut und mit Salz bestreut. –
Was machen wir dann, ihr Brüder im Ei?« (1, 76-77)

Dieses frühe, aber bereits programmatische Erzählgedicht kann in seiner Aussagekraft über die weltanschauliche und poetologische Position des seit mehr als fünf Jahrzehnten gattungsübergreifend arbeitenden Autors kaum überschätzt werden, denn es gibt keinen Text von Günter Grass, der nicht »im Ei« spielt. Zunächst scheint alles in bester Ordnung zu sein. Ein gutmütiges Geflügel wacht über seine Schutzbefohlenen. Doch von Strophe zu Strophe wird diese Weltinterpretation mehr und mehr in Zweifel gezogen. Die Gewißheit entpuppt sich als reine Spekulation oder naives Wunschdenken, bevor sie in der letzten Versgruppe ganz in eine Haltung des fragenden Zweifels übergeht. Der theologisch ausgerichteten Weltsicht wird eine sich im säkularisierten Bild manifestierende Ansicht entgegengestellt, ohne daß damit Alternativen aufgezeigt worden wären. Niemand kann sagen, wie lange die Brutzeit noch dauern wird oder »ob dieses jahrhundertelange Brüten nicht endlich doch zum Selbstzweck« (3, 250) geworden ist. Vielleicht werden »wir« also gar nicht gebrütet oder nicht etwa von einem strahlend weißen, sondern von einem bedrohlich schwarzen Federvieh, was dann? »Oder wir werden von jemandem geträumt. (...) ein Übermotz träumt uns in Fortsetzungen, weil er uns lieb hat oder komisch findet, deshalb nicht von uns lassen kann, unser Gezappel nicht satt kriegt.« (11, 352-353) Wer weiß?
Auch das Gedicht verharrt in der Frage. Es demonstriert, daß es den Küken im wenig österlichen Ei nicht möglich ist, zu sicheren Aussagen oder absolute Gültigkeit beanspruchenden Einschätzungen ihrer nicht etwa sonnenklaren, vielmehr unaufhebbar vernebelten Lage zu kommen.

Alle Eibewohner werden auf ihre eigenen Traum- bzw. Hirngespinste über und unter der Gürtellinie zurückgeworfen: Derjenige, der an nichts mehr glaubt, sorgt aus Langeweile für Brutkästen, die wenigstens das Überleben der Gattung, das Werden im Weltei garantieren. Andere hoffen dagegen noch immer aus echtem, aber unbefriedigtem Bedürfnis, daß die hermetisch verschlossene Schale eines wunderschönen Tages doch noch aufspringt und eine befreiende Wahrheit das Licht der humansten aller möglichen Welten erblickt. Doch die bislang entwickelten Patente vermögen keine optimistisch stimmenden Ausblicke zu eröffnen. »Gestern wird sein, was morgen gewesen ist.« (9, 7); immer dieselben Värtellchens, jedesmal anders erzählt.

Selbst das vom Schriftsteller gesetzte Ich bietet dem Leser lediglich einen Katalog von Möglichkeiten, die allesamt in der Schwebe bleiben müssen. Auch als vernunftbegabte Instanz kann es keinen festen Standpunkt beziehen, keine unerschütterlichen Postulate verkünden. Das lyrische Ich gibt nicht vor, den Sinn oder den Zweck der absurden Eigeschichte zu durchschauen. Der Erkenntnishorizont aller Küken ist und bleibt der begrenzte Horizont ihrer Kritzeleien. In diesem Bewußtsein macht sich der mit allen Wassern der Ironie getaufte Skeptiker über die Erlösungshoffnungen seiner leichtgläubigen Leidensgenossen lustig. Er verspottet aber auch die scheinheiligen Popanz-Propheten der Eschatologie, die vorgeben, ultimative Welterklärungsmodelle, das himmlische Jerusalem oder irdische Paradiese in Aussicht stellen zu können: »Dieses Haus hat zwei Ausgänge; ich benutze den dritten« (1, 137).

Nur soviel ist sicher: Hier wird die traditionsreiche Frage

nach einer möglichen Transzendenz und damit nach dem Verhältnis von Gott, Welt und Mensch gestellt. Übermotz-Henne, Ei und Eibewohner dienen dem erfrischend unkonventionell ans Werk gehenden Schriftsteller dazu, dem Problem der für alle streng Gläubigen »metaphysischen Trinität« auf seine humorvoll-skeptische Art nachzugehen. Wunder bleiben aus. Das fiktive Autor-Ich entwirft nicht nur in diesem geschichts- und transzendentalphilosophischen Grundsatzgedicht ein – bei aller Liebe zum diesseitigen Glücksmoment – trostloses Weltbild ohne »Liebgottchen«. Das Leben geht – dessen ungeachtet – weiter (als erlaubt ist). Der ungläubige Moderne mit dem omnipräsenten Ideologieverdacht konfrontiert sich und seine jederzeit verführbaren Leser ausdauernd mit der realpolitische Folgen zeitigenden Frage nach den Grenzen der menschlichen Vernunft. Er hinterfragt damit zugleich die Bedingungen der Möglichkeit von angeblich alleinseligmachenden Heilslehren und Gesellschaftsutopien, ohne letzte Antworten geben zu wollen. Mit dem »christlich-marxistischen Hoffnungsquark« (10, 100) hat das frühzeitig gebrannte Kind nichts mehr im Sinn.

Die wechselvolle Geschichte der Aufklärung des Menschengeschlechts, die über Montaigne und Descartes, Kant und Lessing, Schopenhauer und Nietzsche unter anderem zu Camus' Lebensphilosophie des Absurden führt, eine für das Schaffen des Geschichtsskeptikers Grass prägende Traditionslinie, kennzeichnet die hier in sinnliche Bilder übersetzte Problematik. Der skeptische Deutsche bleibt – im Gegensatz zu Kant, der sich mit seinen »Postulaten« trotz aller Erkenntniskritik ein Hintertürchen in Glau-

bensfragen offenhält – konsequent bei seiner antidogmatischen Position. Als lebenslustiger Melancholiker setzt der aufgeklärte Spätaufklärer, ganz im Sinne des fröhlichen Steinewälzers Sisyphos, auf eine erhellte Ratio, die um ihre Grenzen weiß. Der perspektivische Charakter jeder menschlichen Wahrnehmung und die damit implizierte Relativität scheinbar feststehender Einschätzungen und Wertsetzungen sind dagegen stets präsent.
Die unumgehbaren Folgen liegen für den Antimetaphysiker auf der Hand: ausdauerndes Mißtrauen gegen das angeblich Gute, Wahre und Schöne, revolutionäre Sprünge und die frommen Lügen asketischer Dichter-Priester oder korrupter Politiker. Leidvolle persönliche Verlusterfahrungen und die erkenntnistheoretisch fundierte Skepsis führen dazu, daß Grass den existentiell zu denkenden Zweifel zum Strukturprinzip seiner trotz allem durchaus sinnenfrohen Dichtung erhebt. Nur so konnte das Schreiben aus seiner Sicht nach dem unheilbaren Zivilisationsbruch und der alle Lebensbereiche erfassenden Entzauberung nach dem Zweiten Weltkrieg fortgesetzt werden:

»Es war einmal ein Mädchen, das hieß Tulla und hatte eine reine Kinderstirn. Aber nichts ist rein. Auch der Schnee ist nicht rein. Keine Jungfrau ist rein. Selbst das Schwein ist nicht rein. Der Teufel ist nie ganz rein. (...) Jesus Christus nicht rein. Marx Engels nicht rein. Die Asche nicht rein. Und die Hostie nicht rein. Kein Gedanke hält rein. Auch die Kunst blüht nicht rein.« (5, 388-389)

Doch lesen Sie selbst. Alltags- und Allerweltsgeschichten, zeitgenössische Märchen und Mythen, Vater-, Mutter- und Kindergeschichten, Politiker- und Schriftstelleranekdoten, Liebes-, Vergewaltigungs- und Mordgeschichten, »Maulwürfe« und »Fliegen«, realistische Traum- oder phantastische Lebensgeschichten aus der zweiten Hälfte des 20. Jahrhunderts. Lassen Sie sich von aus dem Romankontext entführten Kapiteln, die bemerkenswerterweise für sich sprechen, überraschen; lassen Sie sich von bislang wenig bekannter Kurzprosa, die zunächst unter dem Pseudonym »Arthur Knoff« publiziert wurde, zu längeren Gedankenspielen anregen; oder lassen Sie sich von in diesem facettenreichen Sammelband erstmals gedruckten Archiv-Skizzen im vielleicht schon allzu starren Klassiker-Bild irritieren: »Wer weiß, was alles zwischen Eiweiß und Eigelb Platz hat. Auf jeden Fall sollen die Eier voller eindrucksvoller Überraschungen für Europa, Amerika und die übrigen Erdteile sein« (1, 487). Kurzum, dies ist ein Buch für neugierig gebliebene Grass-Leser. Es kann laut gelesen werden.

Dieter Stolz — Berlin, Januar 2005

Inhalt

Wewelsfleth am 8. Juli 79

Bibliothek Suhrkamp

Verzeichnis der letzten Nummern

1345 Hermann Hesse, Peter Camenzind
1346 Franz Kafka, Strafen
1347 Amos Oz, Sumchi
1348 Stefan Zweig, Schachnovelle
1349 Ivo Andrić, Der verdammte Hof
1350 Rudolf Borchardts Leben von ihm selbst erzählt
1351 André Breton, Nadja
1352 Ted Hughes, Etwas muß bleiben
1353 Arno Schmidt, Das steinerne Herz
1354 José María Arguedas, Diamanten und Feuersteine
1355 Thomas Brasch, Vor den Vätern sterben die Söhne
1356 Federico García Lorca, Zigeunerromanzen
1357 Imre Kertész, Der Spurensucher
1358 István Örkény, Minutennovellen
1359 Josef Winkler, Natura morta
1360 Giorgio Agamben, Idee der Prosa
1361 Alfredo Bryce Echenique, Ein Frosch in der Wüste
1363 Ted Hughes, Birthday Letters
1364 Ralf Rothmann, Stier
1365 Arno Schmidt, Seelandschaft mit Pocahontas
1366 Bertolt Brecht, Geschichten vom Herrn Keuner
1367 M. Blecher, Aus der unmittelbaren Unwirklichkeit
1368 Joseph Conrad, Ein Lächeln des Glücks
1369 Christoph Hein, Der Ort. Das Jahrhundert
1370 Gertrud Kolmar, Die jüdische Mutter
1371 Hermann Lenz, Vielleicht lebst du weiter im Stein
1372 Ludwig Wittgenstein, Philosophische Untersuchungen
1373 Thomas Brasch, Der schöne 27. September
1374 Péter Esterházy, Die Hilfsverben des Herzens
1375 Stanislaus Joyce, Meines Bruders Hüter
1376 Yasunari Kawabata, Schneeland
1377 Heiner Müller, Germania
1378 Du kamst, Vogel, Herz, im Flug; Spanische Lyrik
1379 Giorgio Agamben, Kindheit und Geschichte
1380 Louis Begley, Lügen in Zeiten des Krieges
1381 Alejo Carpentier, Das Reich von dieser Welt
1382 Nagib Machfus, Das Hausboot am Nil
1383 Guillermo Rosales, Boarding Home
1384 Siegfried Unseld, Briefe an die Autoren
1385 Theodor W. Adorno, Traumprotokolle
1386 Rudolf Borchardt, Jamben
1387 Günter Grass, »Wir leben im Ei«
1388 Palinurus, Das unruhige Grab
1389 Hans-Ulrich Treichel, Der Felsen, an dem ich hänge
1390 Edward Upward, Reise an die Grenze

Bibliothek Suhrkamp

Alphabetisches Verzeichnis